Zur Kommunion
für Manfred
von
Gerhard u. Angelika

Beebe: Pear und Glen schlagen sich durch

B. F. Beebe

Pear und Glen
schlagen sich durch

Für Glen

ISBN 3 536 01004 0
2. Auflage 1972
Umschlaggestaltung: Werner Kulle
Originaltitel: WILD VENTURE
Originalverlag: Follet Publishing Company, Chicago
(c) 1961 by James Ralph Johnson
Alle Rechte vorbehalten
Aus dem Amerikanischen übersetzt von Hilde Bertsch
Alle Rechte dieser Ausgabe 1972 beim Engelbert-Verlag,
Gebr. Zimmermann GmbH, 5983 Balve/Westf., Widukindplatz 2
Nachdruck verboten — Printed in Germany
Satz, Druck und Einband: Grafischer Betrieb Gebr. Zimmermann GmbH, Balve

1

„Eine Waschbärenmütze und ein Jagdmesser" — diese Worte standen über dem Zeitungsartikel. Zwar hatte Glen Marshfield bisher seine Zeit nie damit vertrödelt, diesen Teil der Zeitung zu lesen, doch heute tat er es.

„Ich befürchte, daß die Sonne über einer Generation untergegangen ist, die noch ein neues Land mit diesen beiden Gegenständen aufbauen konnte. Oder die überhaupt noch damit überleben könnte", so fuhr der Redakteur der SOUTHERN APPALACHIAN in seinen Betrachtungen fort.

Glen brachte seine langen Beine in eine bequemere Stellung und las seinem Gefährten, Perry White, laut vor. Perry war der dickste Junge in seiner Klasse und führte deswegen den Spitznamen Pear, zu deutsch Birne.

Jetzt beugte sich Pear gerade über Glens Schulter, um selber in dem Blatt zu lesen. Er lag flach ausgestreckt auf der Veranda bei Marshfields. Sein sommersprossiges Gesicht zog sich in Kummerfalten, als Glen den letzten Absatz las. „Das moderne Leben bietet uns viel zu viele Erleichterungen und Bequemlichkeiten, und es wäre gut, hätte man noch einen Mann mit dem Selbstvertrauen Daniel Boones gekannt."

„Der tut ja, als wären wir verweichlicht oder so etwas", murrte Pear, als er sich zum Sitzen aufrichtete.

Glen antwortete nicht, denn er war tief in Gedanken versunken.

Pear griff nach der Zeitung und gab vor, sie nur schnell überfliegen zu wollen, doch Glen merkte gut, daß Pears Augen immer wieder zum Leitartikel zurückwanderten. Schließlich wandte sich der Freund mit angriffslustigem Gesichtsausdruck an Glen.

„Bist du vielleicht weich?" wollte er wissen.

„Nicht so weich wie das hier", meinte Glen und stieß einen Finger in Pears Magengrube.

„Das meine ich ja auch nicht. Aber ich denke doch, daß ich auf der Stelle in den Little River Canyon marschieren und dort eine Woche bleiben könnte. Ich würde von wilden Früchten leben und kein Pfund dabei abnehmen."

„Unmöglich", antwortete Glen nur. „Du nimmst schon ab, wenn du nur einmal tief durchatmest, weil du seit Jahren schon Gewicht zulegst."

Pear schien den Spott zu überhören. „Was soll denn daran so schlimm sein, Beeren und solches Zeug zu essen?"

„Was für Beeren denn, wenn ich fragen darf?"

Pear zog eine mißbilligende Grimasse. „Nun, Brombeeren und Heidelbeeren und..."

„Hast du schon einmal versucht, eine Woche lang von Brombeeren und Heidelbeeren zu leben?"

„Wir könnten auch Walnüsse und Eicheln dazu essen."

„Zu dieser Jahreszeit werden wir keine finden. Die Eichhörnchen haben alle schon letzten Herbst eingesammelt", meinte Glen trocken.

Pear ließ sich auf den Boden der Veranda zurückfallen. „Du bist wirklich eine große Hilfe", murmelte er.

Glen gab keine Antwort, doch er starrte auf die bewaldeten Hänge des Lookout Mountain eine Meile östlich. Er hatte die ersten zwölf Jahre seines Lebens auf einer Farm droben auf der Alabama-Hochebene verbracht.

„Wir könnten es schaffen", erklärte er nach einer Pause.

„Ich dachte, du wolltest kneifen."

„Nein, ich habe nur nachgedacht."

„Meinst du wirklich, wir müßten es?"

„Müßten was?"

„Allen Leuten zeigen, daß wir im Wald ohne modernen Komfort leben können."

„Ja, das meine ich."

An diesem Abend dachte Glen bei Tisch, daß es wohl am besten wäre, zu warten, bis sein Vater gegessen hatte und etwas entspannt war, ehe er von seinem Vorhaben spräche. Als es dann doch heraus war, ließ ihn sein Vater einige Minuten ohne Antwort; schließlich fragte er: „Und wie würdest du uns benachrichtigen, wenn dir und Pear etwas zustößt?"

Glen mußte im stillen feststellen, daß er und Pear an solche Einzelheiten nicht gedacht hatten. „Ich weiß nicht", antwortete er lahm. Doch sofort kam ihm eine glänzende Idee. Sie konnten eine Art Signalsystem im Cañon errichten, das sein Vater jeden Morgen vom Waldrand aus kontrollieren würde. Hastig erklärte er seinen Einfall. „Wir legen einen Steinhaufen am Flußufer an, wo keine Bäume im Weg sind. Jeden Morgen machen wir eine neue Säule daneben, um zu zeigen, daß alles in Ordnung ist."

Mr. Marshfield nickte, doch sein Gesicht blieb unergründlich. Und Glen wußte, daß es zwecklos war, weiter in ihn zu dringen.

Doch am nächsten Morgen bekam Glen seine Antwort.

„Ich bringe dich und Pear morgen am späten Nachmittag in den Cañon hinaus", erzählte Glens Vater ihm am Frühstückstisch. „Für euch wäre es natürlich besser, morgens anstatt abends zu starten, aber in den nächsten Tagen muß ich sehr früh mit dem Dienst beginnen. Ich nehme auch an, daß der Redakteur von dieser Zeitung dabeisein will, denn schließlich ist es auch sein Projekt."

Aus dem Stillschweigen seiner Mutter konnte Glen entnehmen, wie wenig ihr das Vorhaben der Jungen gefiel. Schließlich fragte sie aber doch: „Was wollt ihr beiden machen, damit ihr es in der Nacht warm habt?"

„Es ist Juni, Mutter. Niemand braucht um diese Zeit hier warme Deckbetten."

„Aber im Freien ist es kühl. Ihr seid an ein gemütliches Zimmer gewöhnt", meinte sie noch. Dann blieb sie während des ganzen Frühstücks still. Doch schließlich fragte sie wieder: „Und was macht ihr, wenn ihr vor lauter Hunger giftige Beeren gegessen habt?"

Glens Vater lächelte. „Nimm's leicht, Mary. Die Jungen kennen sich aus und essen nur Dinge, von denen sie wissen, daß sie nicht schaden können." Widerwillig nickte sie und verfiel wieder in Stillschweigen, während sie aufstand und den Tisch abzuräumen begann. Als sie in der Küche verschwunden war, sagte Glens Vater warnend: „Ich hoffe doch, daß ihr bis morgen noch etwas für diese Pirsch büffelt und euch einen genauen Plan macht."

Das war genau das, was Glen im Sinn hatte. Als die öffentliche Bücherei mit der Ausleihe begann, warteten Glen und Pear schon auf der Treppe. Die Bibliothekarin hörte sich ihre Wünsche an und zeigte ihnen die Bücher, die die besten Informationen für das Unternehmen enthielten. Im Laufe des Vormittags fiel ihr noch manch weiteres nützliche Buch ein. Innerhalb von zwei Stunden hatte sie einen beängstigenden Stapel auf dem Tisch vor den Jungen aufgehäuft.

„Da werden wir uns nie durchbeißen", seufzte Pear.

Glen nickte. „Das meiste von dem, was ich gelesen habe, ist schon fast wieder vergessen."

„Und ich bin müde vom Lesen", sagte Pear und schlug sein Buch zu. „Komm, wir gehen heim und schauen morgen nochmals 'rein. Schließlich müssen wir noch packen."

„Was packen? Ich denke, es dauert genau zehn Sekunden, um mein Jagdmesser einzupacken, und genauso lange für dich, um dein Fahrtenmesser in die Tasche zu stecken."

Pear schaute sehr überrascht drein. „Diesmal ist es ein Ausflug ohne die üblichen Konservendosen mit Schweinefleisch und Bohnen", erinnerte ihn Glen. „Auch keine muffigen Wolldecken oder gar dein fetter Schinken!"

„Oder deine angebrannten Eier", gab Pear mit einem Grinsen zurück.

Später am Nachmittag fiel Glen etwas ein. „Wir müssen auch noch herausbekommen, wie wir ohne Streichhölzer ein Feuer zustande bringen." Obwohl sie beide als Pfadfinder schon Lagerfeuer mit einfachen Hilfsmitteln kannten, hatten sie es noch nie mit Klinge und Stein versucht. Auf dem Hügel hinter dem Haus gab es aber eine Menge Steinsplitter, und bald lernten die Jungen die beste Art, Funken zu erzeugen, indem sie mit einem Feuerstein am Rücken des Jagdmessers entlangfuhren. Das ganze Geheimnis des Erfolges lag dann an dem angekohlten Stück Baumwollzwirn, an dem sie den Funken fingen. Dann hielten sie es hoch und bliesen hinein, um eine Flamme anzufachen.

Am nächsten Tag nach dem Essen, als die Zeit für ihren Ausflug in den Cañon nahe war, mußte Glen feststellen, daß seine Mutter ein Picknick für sie vorbereitet und auch die Erste-Hilfe-Ausrüstung nicht vergessen hatte.

„Aber das können wir doch nicht mitnehmen!" protestierte er. „Das wäre gegen die Regeln."

„Welche Regeln?" wollte sie wissen.

„Die von diesem Redakteur. Wenn wir losziehen, um etwas zu beweisen, dann müssen wir es gerade so tun, wie er es als unmöglich hinstellt."

Glen war schließlich froh, daß beide Mütter es vorzogen, zu Hause zu bleiben, anstatt sie zusammen mit dem Redakteur in den Cañon zu begleiten. Er war nämlich gar nicht so sicher, ob sie dann mit dem Experiment noch so einverstanden gewesen wären. Mr. Burch, der Redakteur, war schwerbeladen mit verschiedenen Kameras samt Zubehör, als sie ihn bei seiner Zeitung abholten.

„Ich mache auf jeden Fall eine groß aufgezogene Story daraus", meinte er, als er in den Wagen stieg.

Während der 10-km-Fahrt in den Little River Canyon beobachteten sie, daß sich die anfänglich vereinzelten Wolken zu einer dichten Decke zusammenzogen. Bald begann es zu regnen, und als der Wagen schließlich an der Klippe stoppte, wo die beiden Cañons Little River und Bear Creek zusammenstießen, war schon ein beständiger Sprühregen daraus geworden. Doch Regenmäntel waren in der „Expeditionsausrüstung" nicht enthalten.

Glen deutete auf einen Findling unten im Cañon, der ihnen als Plattform für das tägliche Signal dienen sollte. Obwohl er es nicht erwähnte, fühlte er doch, daß die beiden Väter viel mehr Vertrauen in den Erfolg des Unternehmens setzten als er selbst und Perry. Im Moment zeigte Pear überhaupt keine Begeisterung; er kauerte noch immer auf dem Rücksitz des Wagens.

Mr. Burch faßte Pears Haltung in Worte, als er seine größte Kamera für den „Abschiedsblitz" lud. „Kinder, wißt ihr, niemand würde es euch verübeln, wenn ihr jetzt noch kneifen wolltet — oder wenigstens, bis das Wetter aufgeklart hat."

„Alles in Ordnung", sagte Glen und versuchte, seiner Stimme einen zuversichtlichen Klang zu geben. „Ich vermute, auch Daniel Boone hatte ein solches Wetter. Wir können das Unternehmen auch darum nicht aufschieben, weil wir den Rest des Sommers im Ferienlager verbringen müssen, und das geht in zwei Wochen los."

Der Redakteur gab die letzten Instruktionen. „Wenn ihr dort drüben an der dicken Eiche auf dem Pfad angelangt seid, so bleibt einen Augenblick für ein Foto stehen. Und dann viel Glück!"

Als er aus dem Wagen kletterte, wandte sich Glen an seinen Vater: „Wahrscheinlich werden wir unser Lager gerade unter dem großen Überhang dort errichten. Das ist übrigens in der Nähe der Stelle, wo wir letztes Jahr den dicken Barsch gefangen haben." Beim Abschied merkte Glen, daß der Vater mit forschendem Blick zu erraten versuchte, was hinter der Stirn seines Sohnes vorging. Pear rührte sich erst, als ihn Glen in die Hüfte stieß. Und dann fiel ihm das Jagdmesser noch aus der Tasche. Mr. Burch hob es auf und lachte.

„Ihr verliert ja schon die halbe Aussteuer."

Am Eichbaum drehten sie sich gehorsam um und winkten. Gerade als Mr. Burch auf den Auslöser drückte, schoß ein Bündel Blitze aus den niederen Regenwolken, die über der Schlucht hingen. Die Jungen wandten sich ab und trotteten zahm wie Hunde über den einzigen Pfad, der in den Cañon führte. Glen ging über Steine und Felsen voran, die von den daraufliegenden nassen Blättern schlüpfrig waren. Es gelang ihnen noch, verhältnismäßig trocken zu bleiben, solange sie den Weg durch den offenen Wald nahmen, der sich an den Hängen 150 m hoch vom Grund des Cañons hinzog. Als sie jedoch weiter unten in das dichte Unterholz aus Rohr und Rhododendron eindrangen, trieften sie bald vor Nässe. Es gab aber keinen anderen Ausweg, als auf dem aufgeweichten Untergrund eine halbe Meile lang bis zu dem geschützten Unterstand vorzustoßen.

Nach ungefähr fünfzehn Minuten sahen sie den Überhang. Er befand sich ungefähr 30 m über dem Wasserspiegel des Bear Creek, der heute übrigens viel höher war als sonst im Sommer. Schwere Regenstürme stromaufwärts hatten ihn stark ansteigen lassen. Dieser Unterstand war eine riesige natürliche Nische im rauhen Felsgestein, wie die Schlupfwinkel, in denen einst die wilden Westler hausten. Gesträuch aus immergrünem Lorbeer und Rhododendron auf drei Seiten bildete eine natürliche Hecke, während die abschüssige, ungefähr 15 m hohe Vorderseite vollständig offen dalag. Diese Naturveranda war 30 m oder mehr lang. Es gab noch einige ähnliche im Cañon, aber Glen erinnerte sich daran, daß hier der beste Boden war. Er bestand hauptsächlich aus Geröll, aber es gab auch einen Streifen Sand, auf dem man sich häuslich einrichten konnte.

Obgleich sie schnell marschiert waren, fühlte sich das nasse Hemd, das an Glens Rücken klebte, kalt an. Er spürte von Zeit zu Zeit ein Frösteln, das seine Muskeln zusammenzog. Aber ohne Zögern kämpften sich die Jungen durch spindeldürre Kirschenzweige ihren Weg. Jeder Baum, an den sie stießen, erzeugte einen Miniatur-Regenschauer.

Die niedrigen Regenwolken beschleunigten den Einbruch der Nacht. Glen rechnete sich aus, daß es spätestens in einer halben Stunde stockdunkel sein konnte. Er umging einige kleinere Wasserfälle, die sich von der Kante des Überhanges ergossen. Der Streifen darüber war dicht bewaldet.

Im spärlichen Dämmerlicht suchten die Jungen auf dem felsigen Boden hastig nach Feuerholz. Das zeitweilige Blitzen trug etwas zur Beleuchtung bei. In den Büschen auf der Rückseite des Felsens vermuteten die Jungen eine Anhäufung trockener Zweige, aber es fand sich kein einziger Stecken, der zu einem Feuerchen verholfen hätte.

Als letzten Ausweg schlug Pear vor, die gekräuselte Rinde der wilden Hortensienbüsche zu schälen und es so zu versuchen.

Schon einen Augenblick später kniete Glen vor einem Häufchen Späne. Doch obwohl es ihm gelang, einige Funken am Rücken seines Messers aufspringen zu lassen, zündeten diese an der feuchten Rinde nicht. Ein wichtiger Bestandteil fehlte ihnen hier, der Baumwollzwirn, um die Funken einzufangen und am Leben zu erhalten, bis sie das Feuer entfachten. Bald merkte Glen, daß ihr Unternehmen nahezu aussichtslos war.

Und unablässig lief das Regenwasser von den Felsrinnen, und die rauhen Wurzeln, die darüber herabhingen, sahen aus wie unheimliche schwarze Versteinerungen. Ein reißender Strom lärmte ein paar Meter entfernt in einer Kaskade über die Klippen. Glen fröstelte und meinte, es müßte ein Genuß sein, jetzt inmitten einer heißen, trockenen Wüste zu sitzen, mit nichts als einer brennenden Sonne am Himmel.

Ein Blitz, der an der Rottanne am entgegengesetzten Rand herniederfuhr, warf eine halbe Sekunde lang strahlendes Licht, und der darauffolgende Donnerschlag war zum Greifen nahe.

„Junge, das war mächtig nahe", murmelte Pear mit klappernden Zähnen. „Wenn man nur warm davon würde!"

Kaum waren diese Worte aus seinem Munde, als ein Blitz direkt ihren geschützten Unterstand zu treffen schien. Im selben Moment wurde die Stille vom Donner zerrissen. Schneeweißes Licht verwandelte die Nische in einen Bestrahlungsraum. Glen hatte gerade noch Zeit, Pears bestürztes Gesicht zu sehen, dann kam die Dunkelheit so schnell wie zuvor das Licht.

Doch Geräusche blieben zurück, ein Knirschen und Klirren über ihren Köpfen, wie wenn Holz splittert und Steine zusammenstoßen. Instinktiv schützte Glen seinen Kopf mit den Armen, denn er fürchtete, gleich von Tonnen an Geröll erschlagen zu werden. Der Blitz hatte einen Baum gefällt, und er glitt und rollte jetzt durch das Unterholz. Über dem Überhang prallte er noch einmal dumpf auf und blieb dann liegen. Die Zweige federten und sprühten Wasser nach allen Seiten. Die Tropfen, die Glens Gesicht trafen, brachen den Bann, der ihn gefangenhielt. Steinbrocken, durch den stürzenden Baum in Bewegung gebracht, fielen abseits in das Rhododendrongebüsch, wo sie gewundene Pfade zum Fluß hinunter schlugen.

Ein neuer Blitzstrahl erhellte den Cañon, und die Äste des umgestürzten Baumes standen während dieses Augenblickes wie eine gespenstische Silhouette vor dem Gewitterhimmel.

Irgendwo in der Nähe des Baumes stieg nun ein Schrei auf. Er schien den ganzen Wald vorübergehend mit seiner Angst zu lähmen. Dann war der schrille Aufschrei wie abgeschnitten. Doch Glen meinte ein schweres Atmen zu hören. Und wieder ertönte der angstvolle Laut, wurde allmählich weicher und ging dann in ein tiefes Knurren über.

Glen packte Pear an dessen nassen Hemdsärmel und zog ihn zur rückwärtigen Felswand. Dann hob er schnell einen Stein zur Verteidigung auf. Pear mußte nach Atem ringen, als er sich mit dem Rücken an das kalte Gestein lehnte. Glen hörte ihn leise flüstern:

„Wir müssen verrückt gewesen sein!"

2

Wohl fünf Minuten vergingen, ehe einer von ihnen sprach, und Glen konnte hören — oder fühlen —, wie sein Puls vor Schreck schneller schlug. Es blitzte nicht mehr, nur die Regentropfen schlugen weiterhin ihr monotones Trommelfeuer auf die Blätter in dieser schwarzen Leere. Schließlich merkte Glen, wie Pears Finger an seinem Oberarm nachgaben und wie gespannt sein eigener Körper war.

Er flüsterte: „Meinst du, wir müßten hinaufgehen und sehen, was passiert ist? Es könnte jemand verletzt worden sein."

Pears Griff verstärkte sich wieder. „Du spinnst", flüsterte er. „Das war doch kein Mensch, soviel steht fest."

Seine Stimme erstarb, als ein schreckliches kratzendes Geräusch die Ohren der Jungen erreichte. In Glens Einbildung formten sich die phantastischsten Bilder möglicher Unfälle. Vielleicht war es ein Fischer, der unter diesem Baum Zuflucht vor dem Wetter gesucht hatte und sich jetzt darunter hervorwühlen wollte — vielleicht aber auch eine Frau, die es beim Beerenpflücken erwischt hatte.

„Ich glaube doch, daß wir nachsehen müssen, ob das ein Mensch war", sagte Glen in bestimmtem Ton. „Hast du einen Stein?"

„Ich habe sogar drei Steine", antwortete Pear stolz.

Glen tastete mit den Füßen vorsichtig über den sandigen Boden und hoffte, in der Dunkelheit nicht über einen Stein zu stolpern. Sie waren noch keine fünf Meter gegangen, als sie von oben einen schnaubenden Tierlaut hörten, der bald in tiefes Grollen überging. Ehe Glen noch begriff, was er tat, lehnte er schon wieder an der rückwärtigen Wand im Unterstand. Auch Pear drückte sich fest in eine Felsnische.

In seinem ganzen bisherigen Leben hatte es nie eine längere Nacht gegeben, so dachte Glen hundertmal während der nächsten Stunden. Die beiden Jungen standen Rücken an Rücken, um sich gegenseitig zu wärmen. Glen konnte sogar das Vibrieren spüren, das von Pears klappernden Zähnen ausging. Je weiter die Nacht voranschritt, desto mehr fragte sich Glen besorgt, ob sein Gefährte vielleicht eine schwere Malaria ausbrüte.

Als der Regen endlich doch nachließ, horchte Glen aufmerksam nach oben. Es drang jedoch kein Geräusch aus der Nähe des gefällten Baumes bis zu ihnen — auch kein Kratzen oder Knurren mehr. Was es auch sein mochte, das getroffen worden war — inzwischen konnte dieses Lebewesen nur tot oder verschwunden sein. Einmal glaubte Glen, das weiche Tappen einer Tierpfote gegen einen Stamm zu hören. Er bildete sich ein, daß die Zweige über dem Felshang sich leicht schüttelten.

Doch plötzlich wurde ihm bewußt, daß die Zweige jetzt leicht zu erkennen waren. Die Wolken waren verschwunden, und der Halbmond stand hoch am Himmel. Er ließ die nassen Blätter wie Silberfolie schimmern. Der Mondschein gab auch Mut, das Gelände zu erkunden. Bald schon rannten die Jungen zwischen den runden Flußsteinen umher. Pear schwitzte; trotzdem fühlte er sich schon viel besser, als sie eine kurze Verschnaufpause einlegten.

Glen entdeckte zu seinem Mißbehagen, daß das aufklarende Wetter auch noch andere Dinge außer Mondlicht mit sich brachte. Der Regen hatte ganze Schwärme Stechmücken und Fliegen aus ihren Schlupfwinkeln unter Erdlaub und Grasbüschen aufgescheucht. Sie umsurrten die Jungen und stachen gierig in Hände, Arme und Gesichter. Glen schlug um sich, bis er den Schweiß schmecken konnte, der über seine Wangen rann. Jetzt verschwendeten die Jungen keinen Gedanken mehr an die Kälte, sondern übten sich im Abdecken der ungeschützten Haut mit den Händen, was zwar seine Wirkung nicht verfehlte, doch auch sehr anstrengend war.

Es schien, als ob der Morgen niemals käme. Doch endlich entdeckte Glen einen Lichtstreifen am östlichen Horizont, und da wußte er, daß es bis zum Tageslicht nur noch eine Sache von Minuten war. Pear faßte Glens Gedanken in Worte: „Noch eine Nacht wie diese — und ich gehe nach Hause, auch wenn die ganze Stadt darüber lacht." Seine Haut war gesprenkelt von den roten Pusteln der Insektenstiche, obwohl er anscheinend weniger abbekommen hatte als der dünnere Glen.

„Ich überlege jetzt nur, was wir zuerst tun sollen", sagte Glen nachdenklich. „Herausfinden, was da oben passiert ist, Heidelbeeren zum Frühstück suchen, unser Steinsignal aufbauen oder versuchen, ein anständiges Feuer zustande zu bringen?"

„Eines steht jedenfalls fest", ließ sich Pear vernehmen. „Wir werden heute früh auch nicht schneller zu einem Feuer kommen, denn das Holz ist inzwischen noch nässer geworden."

„Dann schauen wir mal oben nach", antwortete Glen. Nach der Feuerprobe dieser Nacht fühlte er sich so müde und abgeschlagen, daß er wenig geneigt war, überhaupt etwas zu tun. Er sah, daß Pear in jeder Hand einen faustgroßen Stein trug, als sie den Hang hinaufkletterten. Unter ihren Füßen war keine Erde, nur Steine, die von den Klippen weiter oben abgebröckelt waren. Sie blieben mit dem Laub vieler Jahre bedeckt, was das Gehen darauf so gefährlich machte.

Glen war völlig unvorbereitet auf das, was nun folgen sollte. Die nasse Laubschicht hatte beim Steigen ihre ganze Aufmerksamkeit in Anspruch genommen. Plötzlich schienen die Blätter am Boden sich in einen hochspringenden Tierkörper verwandelt zu haben. Ein erschrecktes Miauen ertönte. Instinktiv wich Glen zurück in das Lorbeergebüsch, wo er eine kalte Dusche abbekam. Pear, der ihm auf den Fersen folgte, fiel mit ausgestreckten Armen ins Gras. Doch er sprang schnell wieder auf, und Glen sah, wie er seine beiden Steine hinter einer fliehenden Wildkatze herwarf.

Glen spürte seine Knie zittern, als sie weiterkletterten. „Ich frage mich, was das Biest hier wollte", knurrte er. Pear schüttelte nur den Kopf als Antwort, als sie auf den gestürzten Baum zugingen. Es war eine alte Zeder, vielleicht über ein Jahrhundert alt. Viele ihrer knorrigen Äste waren längst abgestorben. Der Blitzschlag der vergangenen Nacht hatte den oberen Stamm gespalten, und lange Spiralen der angekohlten Rinde zeigten den Weg des Blitzes zur Erde an. Wurzeln waren aus dem Boden gesprungen, hatten große Steine mit sich gerissen und die dünne Erdschicht freigelegt, die den Felsen stellenweise bedeckte. Pear deutete mit dem Finger: „Schau mal, hier!"

Zwischen zwei Sandsteinplatten lag der tote Körper einer jungen Wildkatze. Ihr Kopf war zertrümmert und eingeklemmt. Bis letzte Nacht hatte sie in einer winzigen Höhle unter einem Steinbrocken gehaust, wie die Fellhaare darin zeigten. Diese kleine Wildkatze mußte sofort gestorben sein. Weiße Kratzer auf dem Gestein zeigten an, wie die Katzenmutter vergeblich versucht hatte, ihr Junges zu befreien. Sicher hatte sie ihre restlichen ein oder zwei Kätzchen zu einer neuen Höhle geschleppt, als der Regen aufhörte, und war dann zurückgekehrt, um ihre Versuche fortzusetzen. Das Fell des toten Kätzchens war von ihrer Zunge glattgeleckt.

„Sie muß die meiste Zeit der Nacht hier verbracht haben", vermutete Glen.

„Was nun?" fragte Pear. „Etwas zu essen suchen oder nach Hause walzen, um eine Platte mit hübsch knusprig gebackenem Schinken, Rühreiern, heißem Buttertoast mit Apfelgelee und ..."

„Willst du wohl damit aufhören, ehe ich vollends durchdrehe!" rief Glen. „Das erste, was wir jetzt machen müssen, ist, einen Signalstein zu setzen, damit unsere Leute sehen, daß bei uns alles stimmt."

„Vielleicht bei dir", sagte Pear trübe, „aber nicht bei mir. Ich fühle mich wie ein Sieb, weil ich so viele Löcher von diesen Moskitos habe. Und mein Magen zieht mich mit aller Kraft zu der Straße dort oben, in Richtung Heimat, wo brauner, heißer Toast mit dicken Brocken Butter wartet und dazu ..."

Doch wieder wurde er von Glen unterbrochen, der ihm diesmal mit der Hand den Mund verschloß. Schließlich resignierte Pear und folgte Glen den Hang hinab zu dem Signalstein bei der Mündung des Bear Creek. Die Sonne stand jetzt hoch am Himmel, war jedoch noch zwei Stunden entfernt von dem tiefen Abgrund im Cañon, als sie auf den riesigen Findling zugingen. Die beiden Jungen hoben einen wuchtigen Stein auf die obere Kante und blickten zum Rand des Cañons, um sicher zu sein, daß die Sicht ungehindert war. Bis jetzt war allerdings weder ein Auto noch ein Vater auszumachen.

Plötzlich packte Pear Glen an der Schulter und keuchte: „Brombeeren!"

Es waren tatsächlich Brombeeren, Dutzende großer, vollreifer Brombeeren. Aber — sie waren auf der anderen Seite des Gebirgsbaches. Pear schien das Wasser gar nicht zu bemerken, als er durch die Stromschnellen watete. Glen sprang schnell hinterher, und einen Augenblick später ließen sie die weichen Beeren auf der Zunge zergehen. Der Beerenvorrat schwand zusehends dahin, doch auch der stärkste Appetit konnte gestillt werden. Aus Pears blaugetöntem Grinsen konnte Glen entnehmen, daß die Beeren ein Wunder bei der Hebung der allgemeinen Moral bewirkt hatten.

Doch da schaute Pear schon den Hang hinauf auf das Gebüsch am Riff. „Siehst du diese Büsche?" wollte er wissen.

„Ja."

„Heidelbeeren?"

„Das nehme ich beinahe an", meinte Glen trocken. „Wenn du auf mich wartest, stehe ich dir bei."

Sie waren im Überfluß vorhanden — sicherlich die größten und saftigsten Heidelbeeren oder auch Blaubeeren, wie sie manchmal genannt werden, die es in den südlichen Appalachen überhaupt gab. Glen streifte ganze Beerenbündel von den kleinen Zweigen. Die Jungen hörten erst auf zu essen, als sie nicht mehr konnten.

„Nie hätte ich gedacht, daß etwas so gut schmecken würde", sagte Pear befriedigt, als er sich auf das Polster aus weichem Moos fallen ließ.

Wenig später bemerkte Glen eine Kette Virginischer Wachteln, die sich geschäftig einen Pfad durch die Büsche weiter unten pickten.

„Schau, dort", flüsterte er, doch schon der leise Ton seiner Stimme hatte die Vögel alarmiert. Sie flogen tiefer in den Cañon hinein.

Nach kurzer Pause fragte Pear: „Was sollen wir jetzt machen?"

„Ich bin nach wie vor der Meinung, daß wir zuerst einmal ein Feuer anzünden müssen, sonst haben wir wieder eine solche Elendsnacht. Der Rauch würde die Mücken abhalten, und ich könnte ein wenig Hitze auch gut vertragen."

„Und wie sollen wir zu trockenem Holz und Anzündmaterial kommen?" wollte Pear wissen, als sie zum Lager zurückgingen.

„Das ist eine gute Frage. Die Zweige in der Gegend sind alle aufgeweicht. Wenn das Feuer erst einmal brennen würde, wären hier genügend Birkenruten für längere Zeit."

Pear blickte auf die Zedernzweige, die oben bei ihrem Lager hingen. „Wenn wir einen Funken wie dieser Blitz machen könnten", entfuhr es ihm, „dann hätten wir es geschafft."

Bei Glen hatte es zur gleichen Zeit gezündet. Schnell kletterten sie den Hang hinauf.

Das zerschmetterte Mittelstück eines großen Astes enthielt tatsächlich innen viele Splitter aus knochentrockenem Holz. Die angekohlte äußere Rinde würde als Funkenfänger dienen, sobald sie trocken war. Pear riß ganze Streifen des gesplitterten Holzes ab und schwenkte sie einige Minuten lang über dem Kopf. Inzwischen schabte Glen kleine Löckchen von den weichen Zedernspachteln ab. Als ein faustgroßer Berg neben seinem Messer lag, trugen die beiden ihr Anfeuermaterial zum Lager. Die ersten Funken verfehlten zwar noch ihr Ziel, doch bald schon stahl sich eine winzige Rauchfahne davon, und als das kleine Feuer die Schnitzel vor Hitze glühen ließ, bauten Glen und Pear ein Gestell aus Zedernstecken darauf, und nach ein paar Sekunden brannte das schönste Lagerfeuer.

Pear seufzte erleichtert. „Ich wußte gar nicht, wie hübsch ein Feuer sein kann." Dann schwieg er einen Moment und ließ den aromatischen Duft des Zedernrauches in seine Nase steigen. „Vielleicht stehen wir diese Sache doch durch."

3

Als der Rauch zur Decke des Unterstandes hochzog, sah Glen, wie Spinnen und fliegende Insekten sich zurückzogen. Jetzt konnten die beiden Jungen die Temperatur regeln, wenn die Sonnenhitze in der Dämmerung schwand. Sie konnten kochen, Tontöpfe backen. Kurzum, Glen stellte mit Befriedigung fest, daß sie all das tun konnten, was auch ein Waldläufer in der Pionierzeit getan hätte.

Die Asche würde stundenlang heiß bleiben, und wenn sie weggingen oder sich zum Schlafen hinlegten, brauchten sie das Feuer nur abzudecken.

"Wir sollten doch besser einen ausreichenden Holzvorrat unter dem Riff hier lagern", bemerkte Pear.

In der nächsten Viertelstunde schleppten die beiden verschiedene gestürzte Bäumchen in den Unterstand, wo die Sonne sie den ganzen Morgen bescheinen konnte. Gegen einen Regenguß jedoch waren sie hier geschützt.

"Was haben wir heute nacht eigentlich als Betten?" fragte Pear.

"Wie wäre es mit Ginster und Riedgras? Gestern haben wir doch eine ganze Fläche davon gesehen, als wir herkamen", meinte Glen. "Damit könnten wir schon etwas anfangen."

Es war eine ermüdende Arbeit, denn die Stengel ließen sich nur mühsam mit dem Messer schneiden. Doch endlich hatte jeder einen Armvoll, und dann kämpften sie sich damit zu ihrem Lager zurück. Nachdem Pear noch einen Ast auf das Feuer geworfen hatte, breitete er sein mitgebrachtes Material auf dem Boden aus und ließ sich daraufplumpsen. "Ich mache jetzt ein Nickerchen, wenn mein leerer Magen mittut."

"Ich auch", sagte Glen, "aber ich werde besser schlummern, weil ich viel müder bin." Er legte sich auf den bloßen Sand und bezeichnete die Umrisse von Hüften und Schultern. Dann stand er auf und kratzte eine leichte Vertiefung aus, so daß der Boden allmählich nach seinen Körperkonturen geformt wurde. Darüber legte er nun sorgfältig seine Riedgräser. Dabei achtete er darauf, daß jeweils eine Schicht mit allen Stengeln in einer Richtung und die nächste kreuzweise zu liegen kam. Nun wurde alles mit Ginsterbüschen ausgepolstert.

„Du widerst mich an", grollte Pear. „Immer machst du alles so perfekt."

„Nein, mein Sohn", erwiderte Glen gähnend, „ich bin nur fauler und möchte es hübsch gemütlich haben." Er legte sich nieder auf die dünne, aber bequeme Matratze. Doch ehe er es sich richtig versah, war er schon wieder wach und fröstelte. Vom Feuer war nichts als graue Asche übriggeblieben. Er stand auf und versuchte, es wieder anzublasen. Glücklicherweise hatte er nicht zu lange geschlafen, denn bald brannte wieder eine Flamme, und Glen rollte schnell noch ein paar feuchte Klötze darauf.

Endlich wachte auch Pear auf und fuhr sich mit der Hand grimmig über das Gesicht. „Junge, bin ich steif", murrte er und streckte sich. „Das wird lange dauern, bis ich mich an diese Schlaferei gewöhnt habe." Er gähnte laut. „Ich bin..."

„... hungrig", ergänzte Glen. „Ich auch."

„Wieder mal Heidelbeeren?"

„Sieht nicht so aus, als ob wir gerade viel Auswahl hätten. Aber wir können ja welche holen und sehen, ob wir einen Fisch dazu fangen können."

Nachdem sie das Feuer diesmal sorgfältig abgedeckt hatten, suchten sie ihre Beerenbüsche vollends ab. Sie stillten den größten Hunger und schnitten dann zwei gerade Pfähle von einem Ahornbaum. Das längere Ende wurde abgeflacht und zu einer Spitze zugeschnitzt. Ein auf der einen Seite eingekerbter Bart sollte verhindern, daß ein aufgespießter Fisch sich wieder befreien konnte.

Nun wateten sie still in den Fluß und begannen eine methodische Pirsch stromaufwärts. „Fische müssen die meiste Zeit mit der Strömung schwimmen", sagte Glen belehrend, als Pear einen leichteren Weg in entgegengesetzter Richtung vorschlug.

Gelegentlich sahen sie einen Schwarzbarsch, der am Rande schattiger Felsen einen Schlupfwinkel suchte, und obwohl sie beide konzentriert und kräftig zustießen, war der einzige Schaden, der dem Fisch zugefügt wurde, ein Augenblick des Schreckens.

„Ich glaube, wir treffen immer darüber", meinte Glen. „Wahrscheinlich sollten wir darunter zielen, weil das Licht vom Wasser gekrümmt wird."

„Wessen Licht?" witzelte Pear. „Ich habe keins mitgebracht."

„Du weißt genau, was ich damit sagen will", antwortete Glen und verwendete seinen Speer als Golfschläger, um seinen Kameraden mit Wasser zu besprühen. Diese Bewegung war jedoch sein Verderben, denn auf den algenbedeckten Steinen rutschte er aus und taumelte rückwärts. Zwischen zwei Felsbrocken versank er bis zum Kinn im Wasser.

Pear begann zu lachen — ein Lachen, das zum Orkan wurde und ihn die schlüpfrigen Steine unter den eigenen Füßen vergessen ließ. Er fiel im knietiefen Wasser flach auf das Gesicht. Die Kälte ernüchterte ihn, und er half Glen dabei, sich zu befreien.

„Was für ein erbärmlicher Anblick", bemerkte Pear boshaft, als er seinen durchweichten Gefährten musterte. „Du siehst wie eine Vogelscheuche nach dem Regen aus."

„Du bist doch auch ganz naß", konterte Glen ruhig.

„Also los, zurück ins Beerenland", knurrte Pear. „Ich

bin gespannt, wer zuerst aufgibt, diese Beeren oder ich. Wahrscheinlich ich, denn ich fange schon an, die Dinger zu hassen."

„Du gibst zu schnell auf", sagte Glen. „Das ist dein größter Fehler. Du möchtest aufhören, ehe wir noch richtig begonnen haben."

Pear schnitt eine Grimasse. „Wahrere Worte sind nie gesprochen worden. Wenn wir eine Angelschnur und einen Haken hätten, könnten wir diese Sonnenfische oder wenigstens die kleinen Sardinen fangen, die da am Ufer herumschwimmen."

„Das habe ich gerade auch gedacht", ließ sich Glen vernehmen. „Erinnerst du dich noch an die Peitschen aus Hickoryborke, die wir damals geflochten haben?"

„Ja."

„Ich glaube, wir könnten so eine Angel aus der Innenrinde basteln."

„Mein Freund, du sprichst ein großes Wort gelassen aus. Worauf warten wir eigentlich noch?"

Sie fanden viele fingergroße Hickorysprößlinge und machten sich an ihr Werk. Die Schnüre brauchten nicht länger als einen Meter zu sein, da man die Angel nahe über das Wasser halten konnte. Ein winziger Holzkeil von einem Hickoryzweig gab einen plumpen, doch wirksamen Haken ab. Eine Kerbe wurde an die Stelle hineingeschnitten, wo die Leine angebunden werden sollte. Pear beschloß in einem plötzlichen Ausbruch schöpferischer Gestaltungskraft, das Instrument noch zu verfeinern und einen Bart am Ende der Angel einzuschnitzen.

„Und was nun als Köder?" fragte er.

„Daran hatte ich allerdings nicht gedacht. Wenn wir eine Schaufel hätten, könnten wir Würmer ausgraben."

„Und wenn wir einfach Steine umdrehen?"

„Prima Idee!" Glen schnalzte mit den Fingern. Sofort

gingen die beiden an die Arbeit. Das Glück war ihnen hold, denn sie fanden zahlreiche Angelwürmer und dazu noch verschiedene Insektenlarven. Ein großes Blatt von einer Schirmmagnolie diente als Behälter. Sie streuten Erde darüber, um alles feuchtzuhalten.

Dann kämpften sich die Jungen durch das dichte Rohr am Fluß. Sie befestigten die sich windenden Würmer als Köder an den rauhen Haken und ließen dann die Leine in das dunkle Wasser bei einem untergetauchten Balken fallen. Die Köder verschwanden zwar in den blaugrünen Tiefen, schwammen aber bald wieder an der Wasseroberfläche.

„Ich habe einen Sinker vergessen", flüsterte Glen. Dies war schnell korrigiert, denn ein kleiner Stein genügte, um den Köder auf Fischniveau zu halten. Es gab Fische, ihre Brustflossen fächerten träge unter gelben Schlünden, doch besonders groß sahen sie nicht aus.

„Wenn sie so einen dicken Haken verschlucken sollen", wisperte Pear, „müßten sie ganz andere Mäuler haben."

„Das befürchte ich auch."

Sie ließen die Haken sacht in das Wasser, um die Fische nicht aufzuschrecken. Doch lange Zeit wurden ihre Köder überhaupt nicht beachtet. Dann schlenkerte ein Wurm, und ein kleiner Sonnenfisch schoß darauf zu und schnappte ihn. Bald zog Glen eine leere Schnur heraus und sah den frechen kleinen Fisch mit gestopftem Maul davonschwimmen. Pear mußte die gleiche Erfahrung machen, und innerhalb von zehn Minuten waren alle Würmer weg.

„Die können doch nie so große Haken verschlingen."

„Wenn wir sie kleiner machen, ist das Holz wieder nicht stark genug, um sie festzuhalten."

„Ja, ja", antwortete Pear. „Jetzt versuchen wir die Raupe. Die müssen sie einfach mit dem Haken 'runterschlucken. Ganz oder gar nicht!"

Der junge Sonnenfisch schaute sich die Raupe vorsichtig an, nagte ein paarmal daran und schien dann jegliches Interesse zu verlieren. Glen und Pear saßen still, sie schauten sich recht unglücklich an. Die Sonne war schon weit am nachmittäglichen Himmel gewandert. Bis jetzt hatten sie noch nicht viel an Leistungen aufzuweisen. Pears Energie verdampfte, er ließ seine Angel tief im Wasser schleifen, bis der Haken verschwand. Dann streckte er sich und gähnte.

„Ich frage mich nur, wie geröstete Würmer schmecken würden", murmelte er.

„Wie gedämpfte, nehme ich an", grinste Glen. „Ich werde allmählich müde."

„Und ich bin schon müde."

Und dann geschah es. Pears Angel glitt von seinem Schoß und wurde auf das tiefe Wasser zugetrieben. Schnell war er auf den Beinen und sprang dem davonschwimmenden Stecken nach. Eine Sekunde später schwamm er, und er war erfolgreich. Das Wasser rann ihm von den glanzlosen roten Haaren, und die Kleider klebten ihm am Leib, als er aus dem Fluß watete. Er hielt die Angel in der Hand, und am Ende der improvisierten Schnur hing ein zappelnder Sonnenfisch.

„Das ist vielleicht ein Ding", bellte Glen heiser. „Bestimmt der größte Fisch, der hier je gefangen wurde."

Voller Anglerstolz ließ Pear den Fisch vorsichtig in seichtes Wasser und dann auf das Ufer gleiten: Er wollte ihn nicht zu plötzlich aus dem Wasser ziehen, weil bei dem heftigen Widerstreben des Fisches vielleicht die Leine gerissen wäre. Es war gut, daß er so vorging, denn kaum war der Fisch auf trockenem Land, als auch schon das Seil entzweiging und der Fisch wieder in Richtung Wasser zappelte. Doch Pears Fuß konnte ihn noch aufhalten.

In der Aufregung dieser Fischlandung hatte Glen seine eigene Angel fallen lassen, um Pear zu helfen. Nun trieb sie dem tieferen Wasser zu. Schnell watete er hinein und konnte das Ende noch ergreifen, ohne schwimmen zu müssen. Was am anderen Ende hing, schien nicht dem Geist des Sonnenfisches zu entsprechen, denn die Angel wurde in langsamen, wogenden Stößen von einer Seite zur anderen geworfen. Plötzlich ein heftiger Ruck; der Fisch hatte wohl seine Kraft verloren. Er hing jedoch noch am Haken. Als Glen ihn in das seichte Wasser manövrierte, erschrak er so sehr, daß er beinahe die Angel hingeworfen hätte, um wegzurennen.

Pear ergriff jedoch geistesgegenwärtig seinen Fischspeer und warf ihn schnell in diese dunkle Masse. Danach hörte das Zerren auf. Als die Jungen ihren Fang aus dem Wasser wuchteten, sah Glen, daß es ein Katzenfisch war, ein Wels, wie sie im Little River häufig vorkommen. Er mochte sechs Pfund wiegen, wenigstens das, was von ihm übriggeblieben war, denn das letzte Drittel des Fisches war abgetrennt worden, und zwar allem Anschein nach erst ein paar Sekunden zuvor.

4

Glen sah den verstümmelten Fisch ängstlich an. „Was das wohl für ein Tier gewesen ist?"

Auch Pear schien tief beeindruckt zu sein, er war blaß geworden. „Vielleicht ein Alligator. Im Sommer soll mal einer so weit 'raufgekommen sein."

„Oder ein Hornhecht. Ich habe ein paar an der Küste gesehen, die waren zwei Meter lang. Aber hier habe ich noch nie von einem gehört." Glen bemühte sich, verächtlich auf den abgeschlachteten Fisch zu blicken. „Sollen wir vielleicht so etwas essen?"

„Spinnst du?" meinte Pear erstaunt. „Ich könnte jeden Abend einen Wels essen."

Glen lächelte. „Mit oder ohne Heidelbeeren?"

„Ohne!" Pear schnitt eine Grimasse.

„Wir nehmen ihn gleich hier am Wasser aus", schlug Glen vor. „Was ist eigentlich mit deinem Fisch?" fuhr er fort, während er den Sand abspülte.

Pear stieg die Böschung hinauf und japste dann: „Komm schnell und bring deinen Fang mit. Meiner ist nämlich weg."

Sie entdeckten die Spuren eines Waschbären und folgten ihnen bis an ein Gebüsch. Eine weitere Verfolgung erschien aussichtslos.

Die Jungen suchten ihre Anglerausrüstung zusammen und marschierten mit dem ausgenommenen Fisch zum Lager zurück. Unterwegs sammelten sie noch Hickoryzweige ein, die zum Kochen langsam und intensiv brennen würden. Aus Ahornzweigen bauten sie ein Gestell und legten es auf große Steine. Dann zerlegten sie den Katzenfisch zum Teil in dünne Steaks für den Sofortbedarf und den Rest in dicke Brocken zum langsameren Garwerden.

„Was sagst du nun?" fragte Glen, als er Pears verklärte Augen auf dem schmorenden Fisch verweilen sah. „Meinst du, Mr. Burch würde uns einen goldenen Stern dafür verleihen?"

„Ich weiß nicht", antwortete Pear ungerührt, „und es ist mir auch egal. Ich esse jedenfalls von diesem Fisch mit einem Appetit wie nie zuvor im Leben. Eigentlich esse ich sonst überhaupt nie welchen."

Das Stück, das Pear vom Spieß ziehen wollte, war jedoch noch roh, und die Hälfte blieb am rauhen Holz hängen. Die andere Hälfte fiel prompt in die heiße Asche.

„Nein, das darf nicht wahr sein", rief Pear und brauchte lange, ehe er den Fisch wieder auf dem improvisierten Grill hatte. „Ich esse ihn jedenfalls trotzdem."

Das dicke Fischfleisch war schnell gar, und die beiden nahmen Magnolienblätter als „Papierteller" für ihre Mahlzeit. „Wenn wir jetzt noch Kokosnüsse hätten, wäre es wirklich wie im Robinson-Film", meinte Glen.

Doch Pear verlor keine unnützen Worte. Er riß die Fischstücke auseinander, damit sie schneller abkühlten, und ließ es sich munden. Auch Glen aß schnell die erste Portion, doch dann bemängelte er, daß Salz daran fehle. Pear war schon beinahe fertig und ließ Glen von dem Stück probieren, das in die Asche gefallen war.

Beide fanden, daß die Hickoryasche dem Fisch einen seltsamen, doch würzigen Geschmack verliehen hatte. Rasch warf Pear sämtliche Stücke in die Asche, wendete sie darin um und hängte sie dann wieder auf. Er lächelte befriedigt und benützte seine Zunge als Serviette, um sich die öligen Finger zu säubern. Schließlich meinte er grinsend:

„Mit dieser Katze hatten wir Glück. Meinst du, daß es so weitergeht?"

„Wahrscheinlich nicht", antwortete Glen bedächtig.

Dann zog er einen angewärmten Holzsplitter aus der Asche und benützte ihn als Zahnstocher. „Wenn wir nur den Angelhaken ganz klein und stark herstellen könnten, dann hätten diese Sonnenfische ein gefährliches Leben."

Pear grinste und schaute Glen auf den Mund. „Du Witzbold", lachte er laut los.

Glen schaute sich verwundert um und dann auf seinen Schoß, ob er vielleicht etwas Fisch verloren hätte, aber dem war nicht so.

Pear zog ihm den Zahnstocher aus dem Mund und zeigte auf das gekrümmte Ende: „Du hast gerade einen Angelhaken erfunden." Die Hitze hatte das Rohr für immer gebogen. Das angesengte Ende war härter geworden und federte trotzdem noch.

„Ich weiß nicht, warum wir nicht schon früher daran gedacht haben. Zu Hause verwenden wir doch immer Bambusspäne beim Flugmodellbau."

Sie machten sich sofort ans Werk. Den ganzen Nachmittag über unternahmen sie Versuche, immer dünnere und stabilere Haken herzustellen. Die Sonne ging bereits unter, als Glen sein letztes Modell betrachtete. „Heute haben wir keine Zeit mehr zum Angeln", meinte er. „Ich schlage vor, wir suchen noch mehr Polstermaterial für unsere Betten. Fisch habe ich für heute auch genug gehabt."

„Ich auch", nickte Pear.

Nachdem sie ihre Leinen unter einem Felsen in der Nähe des Wasserfalls versteckt hatten, um sie feucht und geschmeidig zu erhalten, holten sie frisches Riedgras. Obwohl im Rohr noch genügend Helligkeit vorhanden war, merkten sie auf dem Rückweg, daß hier der Tag wegen der tiefen Lage des Cañons schon eine Stunde früher zu Ende ging. Als sie sich dem Lager näherten, war es schon fast dunkel. Glens Bündel verfing sich unversehens im Gezweig, und als er es befreien wollte, stürzte er auf die Erde. Dabei war es ihm, als habe er am Lagerfeuer einen Schatten bemerkt. Doch er mußte sich wohl getäuscht haben. Jedenfalls konnte es nach den Umrissen kein Tier gewesen sein.

Später verwendeten sie viel Sorgfalt darauf, ihre Fallen für die kommende Nacht zu verbessern.

„Wie wäre es, wenn wir morgen gar keine Fische fingen?" schlug Pear schläfrig vor. „Wir könnten doch auch ein Kaninchen oder so etwas fangen — oder andere Beeren und Früchte sammeln."

„Wir machen beides", bestimmte Glen. „Aber ich weiß noch nicht, wie wir Fische für Regentage zurücklegen könnten. Höchstens, wir räuchern sie, aber das habe ich noch nie gemacht."

„Warum wollen wir sie nicht einfach kalt lagern?"

„Was meinst du mit ‚kalt'?"

„Nun, wir könnten doch irgendwo am Ufer einen privaten Fischteich anlegen."

„Mein Freund", sagte Glen salbungsvoll, „du bist ein Genie."

„Mein Freund", echote Pear in spöttischem Ernst, „das weiß ich bereits."

„Einmal im Jahr, meinte ich", fügte Glen noch hinzu.

Als er das Feuer zur Nacht abdeckte, studierte Glen das Dunkel hinter den Flammen. Nur ab und zu bewegte sich ein Rhododendronblatt im Abendwind.

„Wonach schaust du?" rief Pear von seiner Lagerstatt her.

„Ich weiß es selbst nicht", antwortete Glen gedehnt. „Hörst du die Frösche?"

„Ja."

„Und wo hörst du sie?"

„Ich höre sie überall, unter uns, über uns, drunten im

Cañon und auf..." Überrascht stoppte er. „Nein, da drüben in dem Gebüsch ist es ganz still. Ob da wieder diese Wildkatze hockt?"

„Mag sein", antwortete Glen einsilbig.

„Das kann doch nichts anderes sein. Das Biest, das den Katzenfisch in zwei Teile zerlegt hat, wird wohl nicht hier heraufsteigen." Pears Einbildungskraft schien ohne Grenzen zu sein. Er schaute jetzt ängstlich auf jeden Schatten, den das Feuer warf, an der Felsenwand empor und hinaus in die Dunkelheit rund um den Lagerplatz.

„Ich glaube kaum."

Eine Grille begann ihr Zirpen an der Stelle, wo es bisher so ruhig geblieben war. Bald stimmte auch ein Laubfrosch in das Konzert mit ein.

Später erwachte Glen fröstelnd und dachte sofort an das heruntergebrannte Feuer. Die trockene Rinde, die er auflegte, loderte hell, und er sah die halbgeöffneten Augen Pears. Sie starrten noch immer hinab in den nachtdunklen Cañon.

5

Es mußte ungefähr eine Stunde nach Tagesanbruch sein, als Pear seinen Freund unsanft anstieß. Glen kam nur langsam zu sich, denn seine Ginstermatratze schützte gut vor der nächtlichen Kälte. Er konnte sich nicht erinnern, je so gut geschlafen zu haben. Pear blies gerade das Feuer an, obwohl dies an einem warmen Junitag doch nicht nötig gewesen wäre.

„Was ist los?" fragte Glen.

„Zeit, zu essen, und ich hätte Lust auf etwas Abwechslung."

„Wie wäre es, wenn wir dort auf den Feldern nach wilden Pflaumen suchten und dann noch angelten?"

Pear nickte zustimmend und starrte auf den Felsenrand am Cañon. Der Himmel dahinter war überzogen, und es wehte kein Lüftchen. Obwohl man keine Regenwolken sah, schien die Luft doch schwer vor Feuchtigkeit. Vom Tiefdruck wurden in der Pflanzenwelt Gase ausgelöst, und so konnte der Wetterumschwung buchstäblich gerochen werden. Jedes Geräusch klang verstärkt, zum Beispiel das helle Bellen eines Eichhörnchens quer über den Cañon hinweg. Vielleicht mußte es das von ihm gewählte Revier gegen einen Eindringling seiner eigenen Gattung verteidigen.

Am nahen Wasserfall wuschen sich die beiden die Schläfrigkeit aus den Augen, ehe sie den Hang wieder hinaufstiegen. Eine viertel Meile weiter hinten auf der Hochebene sah man einen Steinkamin aufragen. Dort befand sich ein Dickicht wilder Pflaumenbäume, und die Blätter am Boden waren mit tiefroten, reifen Früchten übersät. Die Jungen verbrachten eine halbe Stunde dort und pickten die schönsten Pflaumen heraus. Nur zum Teil abgefressene Früchte zeigten die Beliebtheit bei verschiedenen Tieren an: Opossum, Fuchs, ja sogar Eichhörnchen. Angepickte Pflaumen, die noch am Baum hingen, waren von der Spottdrossel oder anderen Vögeln heimgesucht worden.

„Mir fällt etwas ein, was mein Großvater immer gesagt hat", bemerkte Glen, während er sich die endgültig letzte Pflaume in den Mund schob.

„Wahrscheinlich hat er gesagt, du sollest nicht immer mit vollem Mund reden", vermutete Pear.

„Er erzählte mir, daß ein hungriger Mann nahezu alles essen könne, was auch ein Tier frißt."

Pear war noch immer in boshafter Laune. „Du bist doch kein Mann." Als dieser Hieb seine Wirkung verfehlte, bohrte er weiter: „Also das, was ein Vogel oder sonst ein Tier nicht frißt, das nimmst du auch nicht zu dir?"

„Genau das meine ich."

Pear lachte breit. „Hast du schon einmal einen Vogel gesehen, der einen Eisbecher vertilgt, oder ein Kaninchen, das Erdnußbutter oder ein Marmeladenbrot vespert?"

Glen tat, als höre er nichts. Doch sein Fuß glitt langsam auf den Pflaumenbusch zu, unter dem Pear saß. Er war überladen mit reifen Früchten, die beim Anstoß herunterprasselten. Zwei davon fielen in Pears offene Hemdbrust. Glen sauste schnell in das freie Feld davon, um dem Pflaumenhagel zu entgehen, den Pear hinter ihm herjagte.

Als wieder Ruhe im Lande eingekehrt war, schlug Pear vor: „Warum nehmen wir keine Pflaumen mit ins Lager? Dann brauchen wir nicht jeden Tag Zeit damit zu vergeuden, neue zu holen."

Glen gab zu, dies sei eine gute Idee, doch man habe ja kein Gefäß dafür.

„Wie wäre es mit ein paar großen Blättern?" fragte Pear.

„Da geht ja so wenig 'rein."
„Ich hab's!" rief Pear plötzlich und schnippte mit den Fingern. „Wir binden deine Hosenbeine unten zusammen und füllen sie."
Glen warf ihm einen schrägen Blick zu. „Mit deinen Ideen wirst du nie viel Geld verdienen."
Schließlich entdeckten sie Hickorybüsche und fertigten einen Korb aus Ruten an. Diesen füllten sie mit Früchten, die in den nächsten Tagen vollends reif würden.
Glen richtete sich auf und horchte. „Was ist denn mir dir los?" fragte Pear arglos.
„Ein Auto im Cañon." Plötzlich fiel es ihm ein. „Wir haben das Signal für heute vergessen!"
Glen schnappte den Korb, und dann rutschten sie den steilen Abhang hinunter, der zu ihrem Steinhaufen führte. Als Glen sich durch das dichte Gestrüpp kämpfte, spürte er, wie ihm das Hemd zweimal riß. Aus hundert Meter Entfernung sah er dann seinen Vater, der den Feldstecher an die Augen führte und den Jungen beim Signalbau zuschaute. Sie winkten, und Mr. Marshfield winkte zurück.

Nachdem sie ihren Korb an einem natürlichen Felsvorsprung im Unterstand aufgehängt hatten, nahmen sie ihre Angelleinen und die neuen Haken und zogen los zum Fluß. Ein großer Teich bildete sich unter einer Stromschnelle, wo zahlreiche Fische auf Futter von oben warteten.

„Wir müssen unsere Tiefkühltruhe schon anlegen, ehe wir die Fische lebend fangen", meinte Glen.

Schnell hatten sie mit Hilfe von Stecken einen Graben in die Sandbank gebuddelt. Dann legten sie einen Kanal an, den sie nach beiden Seiten mit dem Wasser verbanden. Kleine Steine sollten den Fluchtweg für die Fische abriegeln.

Ihre Angelruten waren in der Nachtfeuchtigkeit eher

noch geschmeidiger geworden, und bald warfen die beiden Jungen ihre Leinen in den Sturz unter der Stromschnelle. Noch ehe eine Minute vergangen war, schnappte ein handgroßer Sonnenfisch nach Glens Haken, aber Glen reagierte zu schnell und riß ihn wieder aus dem Fischmaul. Pear war ein wenig schlauer und hatte daher mehr Erfolg. Bald fing er einen 10 cm langen Fisch, der schmerzlos von dem Knorpel geködert worden war. Doch als Pear ihn in den Fischweiher schleuderte, erschrak der Fisch vor dem begrenzten Raum derart, daß er sich von einer Seite zur anderen warf und schließlich auf dem Sand landete, wo er zappelnd liegen blieb.

„Wir müssen ihm vielleicht etwas geben, worunter er sich verstecken kann", meinte Glen und streifte den Fisch zurück. In der Nähe wuchsen dicke Büsche der Roßkastanie, und die Jungen rissen Blätter und Stengel ab, um einen Ersatz für Seerosenblätter anzulegen. Der Fisch schien zufrieden von seiner neuen Sicherheit und beruhigte sich prompt unter einem Blatt.

Dieser morgendliche Fischfang ließ nichts zu wünschen übrig. Die Weidenhaken waren beinahe so wirksam wie Haken aus Metall, obwohl sich gelegentlich ein geköderter Fisch wieder befreien konnte. Sie waren nur etwas zu groß, kleinere Fische konnten sie nicht verschlingen. Trotzdem wurden die Köder ständig weggerissen, und die Jungen waren mit dem Nachfüllen beschäftigt. Keiner der gefangenen Fische hatte den Haken so tief geschluckt, daß er verletzt worden wäre, und keiner wurde beim Herausziehen des Hakens getötet. Alle Fische konnten ohne ersichtlichen Schaden in den Teich geworfen werden. Als sie den fünfzehnten Sonnenfisch fingen, meinte Glen: „Jetzt müßte es doch für ein paar Tage reichen. Ich schlage vor, wir machen noch ein paar Kaninchenfallen und richten dann unsere Wohnung gemütlich ein."

„Ich könnte mehr Stroh für mein Bett vertragen. Letzte Nacht träumte ich, ein Eisbär zu sein."

„Das kommt meistens von zu kalten Füßen", sagte Glen grinsend.

Als sie ihre Fische zum letzten Male prüfen wollten, hob Glen ein paar der Blätter, um den Fang nochmals zu bewundern. Doch anstelle lebender und munterer Fische trieben drei sehr tote mit dem Bauch nach oben dahin.

„Komm schnell", rief er Pear zu und begann, die ganzen Blätter wieder zu entfernen. Schon ein Augenblick genügte, um zu sehen, daß die Hälfte der Fische leblos waren.

„Was ist bloß passiert?" fragte Pear erstaunt und sah seinen Freund ratlos an.

„Ich weiß nicht. Glaube kaum, daß wir sie verletzt haben, oder was meinst du?"

„Vielleicht haben wir sie auch zu Tode erschreckt", antwortete Pear in fröhlichem Ton. „Schließlich siehst du ja nicht gerade wie eine fürsorgliche Fischmama aus!"

Glen überhörte diese Bemerkung, bis er die Hände wieder unter Wasser hatte. Dann ließ er einen Wasserschwall auf Pear los, der sich respektvoll zurückzog.

„Eines steht fest", meinte Glen abschließend. „Besser essen wir all die toten Fische jetzt, ehe sie vollends verderben."

Nachdem sie einige der Steine am oberen Ende ihres Teiches entfernt hatten, damit das Wasser besser durchfließen konnte und die restlichen Fische vielleicht am Leben blieben, putzten sie die toten. Auf den Roßkastanienblättern gestapelt, schleppten sie diese zum Lager, wo sie die meisten auf den Grill steckten. Der Rest wurde auf Sandsteinen in der Nähe des Feuers ausgebreitet. Diesmal streuten beide Jungen Hickoryasche als Gewürz über den dampfenden Fisch, und Glen stopfte verschiedene Tiere mit Minzblättern aus. Dieses Kraut wucherte üppig am Fluß.

„Für Leute, die etwas vom Weidwerk verstehen wollen, sind wir ja nicht gerade besonders gut", ließ sich Pear plötzlich vernehmen.

„Das habe ich gerade auch gedacht. Wir sehen einen halben Katzenfisch verschwinden, wie wenn ein Monstrum zum Leben erwacht wäre. Dann sehen wir unsere Fische dahinsterben, wie wenn sie von einer plötzlichen Seuche befallen wären. Ich glaube, auf diese Fragen müssen wir noch eine Antwort finden."

6

„Das könnten deine Füße gewesen sein, die den Fisch getötet haben", sagte Pear mit entwaffnender Offenheit. „Ich erinnere mich nicht, daß du sie in der letzten Zeit gewaschen hättest. Und du bist im Wasser herumgewatet."

„Du bist auch zu nichts nütze", brummte Glen. „Wenn es nach dir ginge, wären wir wahrscheinlich wieder..."

„...wieder zu Hause", vollendete Pear den Satz.

„Ja, ich weiß. Weil du zu schnell aufgibst."

„Ich gebe nicht auf, aber ich besitze gesunden Menschenverstand", protestierte Pear ohne die geringste Bescheidenheit. „Manche Leute sind eben schlau, andere dagegen gehen im Regen spazieren."

„Wie wir?" fragte Glen stirnrunzelnd.

„Genau. Wir müßten unseren Standpunkt ja nicht gerade während der Mückenzeit beweisen." Er massierte einen neuen Stich auf dem Handrücken. „Das hätten wir doch auch an irgendeinem Wochenende im Herbst machen können, wenn diese Moskitos nicht mehr unterwegs sind."

„Und dann könnten wir es auf nächstes Frühjahr verschieben, wenn es nicht mehr so kalt ist. Nein, auf diese Weise schaffen wir es nie."

„Es hat aber auch keinen Sinn, mit dem Kopf gegen die Wand zu rennen", knurrte Pear. Er befreite einen gebackenen Fisch von seinem Rückgrat und schlenkerte ihn zum Abkühlen durch die Luft.

„Ich bin der Meinung, daß ein Mensch so ziemlich alles tun kann, was er sich fest vornimmt. Er muß nur Durchhaltevermögen haben."

„Wie wer?"

„Ich habe es nicht gerne mit Geschichte, aber ich möchte doch an Daniel Boone erinnern. Er hatte sich vorgenommen, ein neues Gebiet zu erschließen, und dann konnte ihn nichts mehr bremsen — weder Indianer noch Mitbürger, die ihn auslachten, noch Bären oder rothaarige Oberschüler!"

Das Gespräch flaute ab, als sie aßen und die Gräten ins Feuer warfen, um keine Fliegen anzulocken. Pear griff nach den nassen Kastanienblättern und wischte sich die Hände damit ab.

Nach einem kurzen Augenblick murmelte Glen: „Das, was du vorhin über meine Füße gesagt hast, könnte die Antwort auf diese toten Fische sein."

„Willst du sie waschen?"

Glen überhörte die Anspielung. „Eingeborene in den Tropen verwenden gewisse Blätter und Wurzeln, um Fische zu töten."

„Das habe ich auch schon gelesen. Aber wir sind hier nicht in den Tropen."

„Mein Großvater hat mir von Blättern erzählt, die Fliegen vom Trockenobst abhalten. Ich erinnere mich noch, daß er gesagt hat, wenn man sie unten ans Haus lege, kletterten keine Küchenschaben hinauf. Ich weiß aber nicht mehr, was das war — irgendein Strauch mit Beeren."

„Vielleicht Heidelbeeren?" grinste Pear. „Davon haben wir jede Menge."

„Nein, aber er hat noch erwähnt, daß die Soldaten im Bürgerkrieg wilde Blätter verwendet haben, um die Insekten von sich abzuhalten."

„Nun, wir haben ja auch Blätter verwendet. Vielleicht sind die Fische daran gestorben."

Glen schaute die Blätter der Roßkastanie an. Er wurde ganz aufgeregt. „Das muß es sein, du ißt ja auch keine Roßkastanien, weil sie nämlich giftig sind." Schnell schlug er auf die Schnake, die sich auf seiner Hand niedergelassen hatte.

Pear beobachtete ihn und sagte dann verwundert: „An mich gehen die Biester nicht mehr, seit ich die Hände mit diesen Blättern abgerieben habe. Komm, wir machen einen Versuch!"

Sie hielten ihre Hände nebeneinander ausgestreckt. Drei Minuten vergingen, ehe eine Stechmücke auf Pears Hand zuflog und darüber hinwegmarschierte, um Glen zu stechen.

„Junge, Junge", rief Pear aufgeregt, „jetzt haben wir das schönste Insektenschutzmittel." Er zerrieb noch einige Blätter zwischen den Händen und massierte sich kräftig Hals, Ohren, Fußknöchel und Gesicht. Glen folgte seinem Beispiel.

„Mit einem Armvoll Kastanienblätter können wir jetzt Sardinen aus all den Elritzen am Ufer machen, wenn wir einmal in Not geraten."

Sie speisten Brombeeren, die drunten im Cañon auf einer der Sonne ausgesetzten Lichtung unter einer gefällten Pappel in verschwenderischer Fülle wuchsen. Danach suchten sie ausgehöhlte Stämmchen bei ihrem Lager. Sie sollten zu einem Wasserleitungssystem vom Wasserfall zu ihrem Lager verwendet werden.

„Mit fließendem Wasser werden wir komfortabel leben", freute sich Glen und schaute auf seine schmutzigen Hände. Sie fanden hohle Bäume, große, die umgestürzt und zu schwer zum Transport waren, kleinere am Boden, die schon zu verrottet waren, um noch Wasser zu halten, und lebende, die zu stabil waren, um mit einem Jagdmesser gefällt zu werden.

„Wenn wir nur etwas Bambus wie in den Tropen hätten", sagte Pear.

„Wie wäre es mit dem Zeug, das wir immer für die Kindergewehre genommen haben?"

„Du meinst Holunderbüsche?"

„Genau!"

Holunder wuchs in Hülle und Fülle am Flußufer, und die flachen, weißen Blütendolden leuchteten weithin. Die härteren äußeren Stengel enthielten ein schwammiges Mark, das leicht mit einem spitzen Stecken durchgestoßen werden konnte. Bevor noch eine halbe Stunde vergangen war, hatten sie eine Rohrleitung montiert, wobei die dünneren unteren Enden genau in die anschließenden Stücke gepaßt wurden. Kleine Bäume dienten als Haltevorrichtung; die Rohre wurden mit Hickoryrinde daran festgebunden, und den Rest besorgte die Schwerkraft. Bald lief klares Wasser aus der Leitung, die unter dem einen Ende des Überhanges innerhalb Reichweite am Abkochplatz befestigt wurde. Der Abfluß diente als Dusche, ein flacher Stein darunter als Fußboden.

„Und was nehmen wir als Seife?" fragte Pear.

„Ich weiß nicht. Daran habe ich wirklich nicht gedacht."

„Aber ich", verkündete Pear stolz. „Wenn du so viele Wildwestgeschichten gelesen hättest wie ich, dann wüßtest du, daß wir mehr Seife haben, als wir brauchen."

„Okay", meinte Glen, ganz überrascht von Pears plötzlich aufflackerndem Interesse. „Also, wo ist der nächste Seifenladen?"

„Folge mir nach", rief Pear zuversichtlich. Auf einer sandigen Fläche hinter dem Bear Creek zeigte er auf eine Pflanze, die zwischen Tannen wuchs. Ihre spitzen Blätter glichen denen der Ananas, und riesige weiße Blütenrispen hingen am Ende der Stengel.

„Milchstern", sagte Pear.

„Das ist Yucca", nörgelte Glen.

„Das ist das gleiche, mein dummer Freund. Die Indianer verwenden es als Seife."

Nachdem sie die Pfahlwurzel, die einer schwammigen Karotte ähnlich war, ausgegraben hatten, klopften sie diese zwischen Steinen flach. In Wasser getaucht, gaben diese Waschlappen eine beträchtliche Menge Seifenschaum ab und lösten den Schmutz an ihren Händen spielend. Die beiden Jungen nahmen noch etliche Wurzeln zu ihrem neuen Waschraum mit.

Der restliche Nachmittag verging mit dem Bau der Kaninchenfallen aus Hickoryfasern. Sie verteilten diese auf dem schmalen Wildpfad, wo die kleineren Tiere die größeren Büsche umgangen hatten.

„Tiere sind wie Menschen", verkündete Glen. „Nahezu immer nehmen sie den einfachsten Weg, wenn sie nicht erschreckt werden. Draußen auf der Farm sah ich schon Hasen, die auf der Straße vor einem Pferd eine Viertelmeile lang hergerannt sind, ehe sie in den Busch abbogen."

Viele Spuren konnten im Staub unterschieden werden, obwohl die Sonne gerade unterging. Die Fallen, einfache Schlingen in der Art von Lassos, wurden dort befestigt, wo der Pfad jeweils zwischen Felsen enger wurde. So hatten die Kaninchen keine andere Wahl, als ihren Kopf in die Schleife zu legen.

Als sie noch mit dem Bau ihrer Fallen beschäftigt waren, stolperten sie in eine neue Entdeckung: eine Höhle, die keine fünfzig Meter von ihrem Lager entfernt lag. „Wir sind schon oft daran vorbeigegangen, ohne sie zu sehen", rief Pear aus.

„Die Lorbeerbüsche verdecken sie", antwortete Glen. „Ohne diesen Tierpfad hätten wir sie wohl nie bemerkt."

Es stimmte. Ein verborgener Eingang unten am Felsen zwischen Gestrüpp, die Höhle selbst scharf eingeschnitten. Der Hang darunter zog sich über hundert Meter zum Bear Creek hin.

„Komm, wir bleiben ein paar Minuten stehen und schauen, ob wir hineinsehen können", schlug Glen vor.

„Du zuerst", sagte Pear.
„Was ist los? Hast du etwa Angst?"
„Wer — ich?" entgegnete Pear erstaunt. „Ich bin nur höflich."
Glen rückte etwas vor zu einer steinernen Plattform, die abrupt in einer schwarzen Leere endete.
„Vielleicht sind Schlangen darin", wisperte Pear.
„Könnte sein", gab Glen zu.
Pear räusperte sich. „Oder eine Wildkatze."
„Kann auch sein."
„Du scheinst ganz meiner Meinung zu sein, und ich verliere allmählich das Interesse."
„Ich hab's schon", antwortete Glen. Er warf einen Stein hinunter, der schnell auf dem Boden aufschlug, vielleicht drei bis vier Meter tief. Das Geräusch klang weich, als wenn der unterirdische Boden aus Erde und nicht aus Fels oder Wasser bestünde.
Im nächsten Moment war das Innere der Höhle hell beleuchtet, und Glen konnte zwanzig Meter weit sehen. Die Höhle wirkte nun eher wie ein großer Schützengraben, bedeckt mit Tonerde, die sich in Jahrhunderten der Verwitterung abgesetzt hatte.
„Wo kommt denn das ganze Licht her?" fragte Pear.
Glen wandte sich um. Durch das Gebüsch konnte er Licht sehen, das von ihrem Lager aufflammte, als ob das Lagerfeuer zu einem Freudenfeuer angewachsen wäre. Es war! Durch das Unterholz stolpernd, kamen Pear und Glen einen Augenblick später am Lagerplatz an. Die angekohlten Reste des Riedgrases zeigten deutlich, woher das Licht gerührt hatte. Ihre Betten waren in die Flammen geworfen worden!

7

Glen und Pear standen am Rande des Feuers und starrten wortlos in die verkohlten Stengel, die ihnen als Matratzen gedient hatten. Der strenge Geruch des Riedgrases hing in der nächtlichen Luft, denn es wehte kein Wind. In Glens wild jagenden Gedanken schien dieser Geruch eine Warnung zu enthalten, daß es sich hier um mehr als um einen Streich handele. Hinter diesem verhängnisvollen Vorgang stand ein Zweck — ein Zweck, der bestimmt nicht dazu angetan war, sie in Sicherheit zu wiegen.

Plötzlich ertönte ein leises Geheul von irgendwoher über ihnen auf dem Riff. Ein markerschütternder Laut, der sie aus ihrer Erstarrung löste.

„Was war das?" stammelte Pear und griff instinktiv nach Glens Arm, als ob ihm von dort Hilfe käme.

„Ich weiß auch nicht", keuchte Glen. „Es klang so ähnlich wie ein Käuzchen. Aber es könnte auch ein Waschbär gewesen sein."

Hastig warfen sie trockene Zweige in das Feuer und blickten sich um. Außer den zerstörten Betten war alles im Unterstand unverändert. Die dunkle Wand rings um das Lagerfeuer schien jetzt noch undurchdringlicher als zuvor, und die Sicht betrug nur einige Meter. Ein Mensch oder Tier konnte sie aus fünfzig Schritt Entfernung beobachten, ohne daß sie es merkten.

Glen spürte, wie sich Pears Griff an seinem Oberarm verstärkte und wie dieser auf eine Stelle in der Nähe des Feuers zeigte. Dort war ein Stiefelabdruck zu sehen, eine deutliche Spur, als ob sie absichtlich hinterlassen worden wäre. Nun fanden sie noch mehr Abdrücke, wo vorher Betten gewesen waren. Doch weiter draußen auf dem felsigen Gestein konnte man nicht mehr feststellen, in welcher Richtung der Mann weitergegangen war.

„Was sollen wir jetzt tun?" wisperte Pear.

„Ich weiß nicht. Zunächst bauen wir das Feuer auf und sammeln Steine für den Notfall."

Pear blieb einen Moment still, solange er Steine herbeischleppte. Dann meinte er: „Ich glaube, jemand will uns von hier vertreiben."

„Da kannst du recht haben", sagte Glen ruhig.

„So oder so", fuhr Pear fort, und dann dämmerte es ihm, was seine Vermutung alles bedeuten konnte. „Du meinst doch nicht im Ernst, daß jemand so gemein sein könnte?"

Glen dachte einen Moment lang nach. „Da fällt mir ein, daß es hier Wegelagerer gegeben haben soll, die sich zur Zeit des Bürgerkrieges versteckt hielten, als nur Indianer und ein paar weiße Siedler hier lebten. Man erzählte sich, daß sich niemand unbewaffnet hier hereingewagt habe."

„Vielleicht ist es heutzutage wieder so ähnlich."

„Das könnte sein. Ich glaube, man hat schon solche Gerüchte gehört."

„Deswegen sind wir wahrscheinlich hier nicht willkommen", sagte Pear betrübt. „Vielleicht befindet sich in der Nähe ein Versteck, das sie geheimhalten konnten, bis wir gekommen sind."

„Ich glaube, du läßt deine Einbildungskraft mal wieder mit dir durchgehen", antwortete Glen, doch er merkte sofort, daß seine Stimme nicht besonders überzeugend klang. Etwas Wahres war an dem, was Pear vermutete. Irgend jemand hatte ein Interesse daran, sie zu entmutigen.

Von hoch droben am Hang über dem Cañon drang nun das heisere Krächzen eines Schopfspechtes. Diesmal faßte Glen nach Pears Arm. „Hörst du das?"

„Ja", antwortete Pear, „das kenne ich. Es ist eine Rohrdommel. Die haben wir hier doch schon gehört."

"Aber nicht bei Nacht. So rufen die nicht, wenn es dunkel ist."

"Meinst du, da sei ein Mensch?"

Glen wiederholte nur: "Rohrdommeln rufen nicht so bei Nacht."

"Was machen wir jetzt?" fragte Pear wieder mal. "Wir können doch nicht einfach in der Dunkelheit umherstreifen und in den Kerl hineinrennen, der da irgendwo im sicheren Versteck lauert."

"Richtig. Wir haben keine andere Wahl, als hier stillzusitzen und zu beobachten." Glen blickte zum Holzvorrat und stellte fest, daß sie das Feuer höchstens noch fünfzehn Minuten lang unterhalten konnten. Dann würde es aus sein.

Pear legte einen Finger auf den Mund, ehe er in die Dunkelheit bei der Mündung des Bear Creek zeigte. "Dort bewegt sich etwas."

Gespannt lauschte Glen in der angezeigten Richtung, doch er konnte nichts vernehmen. Sie saßen in starrem Schweigen einander gegenüber, so daß jeder die Dunkelheit hinter seinem Kameraden überblicken konnte. Es mußten ungefähr fünf Minuten vergangen sein, als das sonderbare Heulen wieder von derselben Stelle wie vorher zu hören war.

"Weißt du", flüsterte Pear nach einigen Minuten, "dieser Platz ist genauso wie in einer alten Geschichte. Da haben sich ein paar Apachen nach einem Überfall auf weiße Siedler in Arizona verkrochen. Es war auch so ein Versteck als Festung, als sie angegriffen wurden. Aber die Soldaten hatten sie unter Kontrolle und schossen in die Felsendecke, um sie herauszutreiben."

Glen schaute ihn ernüchtert an. "Eine große Hilfe bist du wirklich nicht."

Wieder heulte es auf den Klippen über ihnen, diesmal

kürzer und lauter, und dann kam ein kleiner Stein mit einem Rascheln durch dürres Laub am Boden herabgesprungen. Er prallte so dicht vor ihnen auf, daß sie im schwindenden Licht des Feuers erkennen konnten, wie er in einen Rhododendronbusch hüpfte.

„Da war noch etwas mit dieser Höhle, von der ich eben erzählte", flüsterte Pear. „Die Soldaten rollten Felsblöcke auf die Apachen hinab."

„Willst du wohl endlich deinen Mund halten?"

Doch Pear war nicht mehr zu bremsen. „Jetzt fällt mir wieder ein, wie sie den Ort nannten. Skeleton Cave. Später hat jemand eine Menge Knochen dort gefunden."

Kaum waren die Worte aus seinem Munde, als sich wieder ein kleiner Stein löste und herabsauste. Doch diesmal traf er einen Felsquader am Rande ihres Lagerplatzes und wurde zu ihnen hereingeschleudert.

„He!" rief Pear entrüstet.

Wieder das Geheul, lauter denn je zuvor. Dann hörte Glen das leise knirschende Geräusch eines riesigen Brokkens, der beim Fall durch das Unterholz noch an Geschwindigkeit zulegte und andere Steine mit sich riß. Doch es schien Sekunden zu dauern, bis er den Überhang erreichte. Dann sah Glen das zischende Geschoß keine sieben Meter von ihnen entfernt durch die Rhododendronbüsche pflügen und seinen Weg in Richtung Wasser fortsetzen.

Beide Jungen waren aufgesprungen und erwarteten Gefahr aus allen Winkeln der Nacht. „Die Höhle!" keuchte Glen. „Dort können wir uns bis zum Tagesanbruch verstecken."

Die stolpernde, blinde Flucht zur Höhle glich einem Alptraum, denn wieder hatte sich eine Wolke vor Mond und Sterne geschoben, und die Jungen stolperten durch das Dickicht, ohne etwas zu spüren, bis die Zweige ihnen das Gesicht zerkratzten und ihren Augen gefährlich wurden. Beide stürzten während dieses Kletterns mehr als einmal. Als Glen auf einem Baumstumpf ausglitt und hinfiel, fühlte er einen Schmerz im Knöchel. Verrenkt schien nichts zu sein, aber Glen fühlte, daß er den Fuß nicht mehr lange überanstrengen durfte.

Weiterhastend folgte er Pear, dem die Furcht Flügel verliehen zu haben schien. Dabei mußte der Lärm, den sie verursachten, ihren Fluchtweg verraten. Das Knacken und Bersten unter ihren Füßen war wohl noch in hundert Meter Entfernung wahrzunehmen. Glen meinte, tiefes Gelächter vom Riff her zu hören.

Pear fand schnell den Höhleneingang wieder und drehte sich, um Glen zu helfen. Mit aller Kraft riß er ihn mit sich, und Glen rutschte aus und verlor das Gleichgewicht. Als Folge hiervon stolperte Pear rückwärts und hielt sich an Glen fest. Das Bild von der Höhlenstruktur fegte durch Glens Gedanken, und er schreckte vor einem möglichen Sturz in die Grube zurück. Doch es gab kein Halten mehr, im nächsten Moment schwankte Pear über den Rand, und die Erde gab unter ihm nach, während er um einen festen Stand kämpfte und Glens Hand als Anker benützte.

„Ich falle", würgte er nur noch hervor. Eine Sekunde lang schien es, als könne Glen den Fall noch aufhalten, aber der Erdstreifen rutschte weiter, und Pears Strampeln war nur dazu angetan, alles zu beschleunigen. Pear stürzte und riß Glen mit sich.

8

Als sie auf dem Boden der Grube aufschlugen, konnte Glen den schweren, angstvollen Atem Pears hören. Er bemerkte auch, daß sie sich noch immer an der Hand hielten.

Pear hustete und fragte dann: „Lebst du noch, Glen?"

„Ich glaube doch. Und du?"

„Ja."

Glen versuchte in der Dunkelheit zu erkennen, wie tief sie gefallen waren. Es schien wie eine unendliche Entfernung, doch er wußte, daß der Fall wohl nur 3—4 m betragen hatte.

Plötzlich fragte Pear: „Du glaubst doch nicht etwa, daß das eine Schlangengrube ist?"

„Das könnte sein, aber bis jetzt spüre ich noch keine."

„Wenn wir uns nicht bewegen, tun sie uns vielleicht nichts", flüsterte Pear zitternd vor Furcht.

„Das denke ich auch. Vor Tagesbeginn sehen wir ohnehin nichts, wir könnten höchstens in ein noch tieferes Loch stürzen."

Während sie in angespannter Lage auf das Morgenrot warteten, versuchte Glen sich an eine derart elende Nacht zu erinnern. Es gab einfach keine. Die erste Nacht, die sie mit feuchten Kleidern im Cañon verbracht hatten, war schon schlimm genug gewesen, doch im Vergleich zu jetzt noch gemütlich. Er wagte nicht, sich auszustrecken, um zu entspannen, denn die unter ihm liegende Erde war weich und rutschig. Wenn sie sich bewegten, bestand die Möglichkeit, daß sie in eine Tiefe abrutschten, aus der es kein Entrinnen mehr geben würde.

Irgendwann vor Tagesanbruch nahm Pear eine Handvoll Erde und warf sie zur Seite. Es war beruhigend, das Geräusch zu hören, als diese ein paar Meter weiter aufschlug. Die Idee bewährte sich, und beide Jungen begannen nun, nach allen Richtungen Erde zu werfen, um den Grund zu prüfen. Bald merkten sie, daß dieser nicht sehr viel tiefer liegen konnte.

Glen spürte das Licht schon, ehe er es sah. Der erste Schein, der in die Höhle drang, war für das menschliche Auge kaum wahrnehmbar. Er wußte auch, daß der Morgen im Cañon nur langsam graute im Vergleich zum flachen Land, wo die Sonne plötzlich aus dem Horizont hervorschießt. Hier blockierten die östlichen Felsen das Morgenlicht, so daß es die westlichen Hänge erst spät erreichte. Die Tiefen des Cañons verstärkten diese Situation noch, denn es gab dort Stellen, wo die Sonne nur zwei Stunden am Tag hinkam.

Pear räusperte sich. „Glaubst du, daß der Kerl, der die Steine geworfen hat, weiß, wohin wir gegangen sind?"

„Daran habe ich noch nicht gedacht", antwortete Glen. „Wenn er uns verfolgt, kann er an den Spuren unserer Rutschpartie schnell feststellen, wo wir gelandet sind."

„Meinst du, daß er uns verfolgt?"

„Das glaube ich nicht. Wenn er diese Tierlaute nachgeahmt hat, scheint er sich sehr gut im Wald auszukennen. Wahrscheinlich wollte er uns nur vertreiben und kümmert sich nicht weiter um uns."

Nun sickerte das Tageslicht allmählich in die Höhle, und Glen konnte die Umrisse dieser natürlichen Falle erkennen. Der Grubenrand einige Meter über ihnen war schon klar gegen das schwache Licht dahinter zu erkennen, und Wände und Decke nahmen Form an.

„Eines weiß ich jedenfalls", ließ sich Pear vernehmen, „und zwar, wo mein nächster Stop ist, wenn wir hier 'rauskommen."

„Wo denn?"

„Zu Hause."

Im Moment konnte Glen schlecht widersprechen.
Bald sah er genau die Umrisse der Grube, in die sie gestürzt waren. Es lagen einige Steine herum, aber nichts, was man als Leiter hätte benützen können. Beruhigend war nur, daß es hier keine Schlangen zu geben schien.

„Du müßtest dich eigentlich hochziehen können, wenn du auf meine Schultern steigst", schlug Pear plötzlich vor. „Kannst du aufstehen?"

„Ich denke doch", entgegnete Glen. „Wenn wir uns beide an die Seite lehnen, kann nicht zuviel passieren."

Der größere und schlankere Glen kletterte nun auf Pears Achseln, indem er zunächst einen Fuß in Pears verschränkte Hände setzte und sich dann aufrichtete. Als er die Arme an der Wand entlang hob, sah er gleich, daß er es nicht schaffen konnte, obwohl seine Finger beinahe oben ankamen. Ein paarmal streckte er sich und versuchte es, dann ließ er sich auf den Höhlenboden zurückgleiten.

Pear fühlte sich sehr niedergeschlagen. Glen konnte zwar das Gesicht seines Kameraden nicht richtig sehen, aber er wußte doch, daß es blaß war. Und er hörte ihn zähneklappernd murmeln: „Jetzt sind wir verloren. Es besteht gar kein Unterschied zu dieser Skeletthöhle, von der ich dir erzählt habe. Sie werden unsere Knochen vielleicht in ein paar Monaten finden, wenn wir Glück haben."

Glen zwang sich zu einem Lachen, doch es klang künstlich. „Wenn wer Glück hat? Ich habe nicht die Absicht, meine Knochen hier zu lassen. Sie könnten schmutzig werden."

„Hast du vielleicht einen vernünftigen Vorschlag?" Pears Stimme spiegelte seine Mutlosigkeit wider.

„Im Moment nicht. Aber einen Pluspunkt haben wir."

„Was?"

„Heute morgen haben wir kein Signal errichtet. Da wird mein Paps schnell merken, daß etwas nicht stimmt."

„Das ist richtig", sagte Pear mit träger Stimme. „Aber was geschieht, wenn er merkt, daß etwas nicht stimmt? Es wird lange dauern, bis er diese Höhle findet. Wir haben sie nur zufällig bemerkt."

Die nächsten Minuten vergingen in völligem Schweigen, während Glen über einen Ausweg nachsann. Irgendwie kam er sich einer Lösung ganz nahe vor, aber er konnte nicht darauf kommen. Holz für eine Leiter war nicht vorhanden. Sie könnten vielleicht ihre Kleider zu einem Seil zusammenbinden, aber oben war eben nichts, um das man es wie ein Lasso hätte werfen können.

„Wenn wir nur irgendwie eine Leiter machen könnten", murmelte Pear und klopfte gegen die Wand. Dann ließ er die Erde durch seine Hände rinnen.

Und da fielen Glen die Illustrationen aus einem alten Geschichtsbuch ein. Ein Bild der alten Ägypter, die riesige Steine herbeischleppten und aufeinandertürmten. Glen ließ sich auf die Knie nieder und erzählte Pear hastig von seinem Plan, Erde an der einen Seite der Wand anzuhäufen, bis diese Rampe hoch genug wäre, daß sie hinaussteigen konnten. Zu seiner größten Überraschung bekundete Pear nicht das mindeste Interesse.

„Ja, wenn wir eine Schaufel hätten", meinte er nur. „Aber mit den Fingernägeln schaffen wir das nie."

„Du faules Stück", rief Glen verärgert. „Natürlich dauert das seine Zeit, aber die haben wir ja. Wenn es sein muß, können wir tagelang Erde zusammenkratzen. Außerdem haben wir das Jagdmesser dabei, und dann gibt es noch Steine, um die Erde damit zu lösen. Dann brauchen wir sie nur noch mit den Füßen an die Wand zu schieben."

Pear schaute sich kurz um, machte aber keine Anstalten, aufzustehen. „Mir gefällt die Sache nicht. Wir wären bis zum Nimmerleinstag damit beschäftigt."

„Eines steht jedenfalls fest", knurrte Glen verächtlich.

„Was denn?"

„Niemand wird uns helfen. Wir beiden müssen das allein machen, egal, ob es einen Tag oder eine Woche dauert."

„In einer Woche sind wir längst tot", meinte Pear ungerührt.

Doch Glen hatte seinen Siedepunkt erreicht. Er schnappte sich etwas Erde und warf sie Pear mitten ins Gesicht. Das brachte seinen Gefährten plötzlich auf die Beine, und er vergaß seine trüben Gedanken. Mit der Faust stieß er Glen in die Hüfte, als sich dieser duckte. Es war nur ein leichter Stoß gewesen, der keinen Schaden verursachte, und schnell war seine Wut verraucht. Während Glen mit dem Jagdmesser im Grubenboden herumstocherte, blieb Pear stumm und übersah Glen zunächst. Doch bald nahm er einen scharfen Stein und beteiligte sich an der Arbeit.

Nachdem der erste Schritt zum Bau eines Fluchtweges getan war, ging das Werk flott voran. Innerhalb einer Stunde hatten die beiden schon eine meterhohe Rampe errichtet. Sie gruben systematisch und stampften die Erde mit den Füßen fest. Ihre Schuhe füllten sich mit Dreck, doch sie unterbrachen ihre Arbeit nicht, um sie auszuleeren.

In der Höhle war es sehr feucht und deshalb heiß geworden. An beiden rann der Schweiß hinab, was Stechmücken anzog. Die Insekten wurden zur Plage, doch Glen merkte, daß Pear entgegen seiner sonstigen Gewohnheit nicht nörgelte, weil ein Ende ihrer Schufterei abzusehen war. Am Nachmittag schien die Rampe hoch genug, um als Sprungbrett zu dienen.

Glen stieg auf Pears Schultern und zog sich dann vorsichtig über den schmalen Rand. Einmal rutschte er ein paar Zentimeter zurück, doch es blieb ohne Folgen. Schon einen kurzen Augenblick später stand er im Freien. Die Nachmittagssonne blendete ihn nach dem dämmerigen Licht im Höhleninnern und zwang ihn zurück. Langsam gewöhnten sich seine Augen wieder an die Helligkeit. Er wollte einen Balken suchen, um Pear herauszuhelfen.

Doch da bemerkte er einen Spalt im Felsen in der Nähe des Grubenrandes. Er probierte ihn als Verankerung für die eine Hand, solange die andere Pear heraufzog. Er lag richtig. Pear stützte sich ab und kletterte dann vollends an ihm hoch. Oben angekommen, blieb er einen Moment erschöpft auf der Erde liegen, während Glen sich langsam aufrichtete.

Plötzlich riß Pear entsetzt die Augen auf.

„Schau mal, dort!" rief er.

9

Auch Glen war auf diesen Anblick nicht vorbereitet. Dort stand ein Mann am Eingang der Höhle, ein riesiger, zerlumpter, vierschrötiger Kerl mit dichten grauen Augenbrauen und langem Bart. Die Augen des Mannes schienen ein Lächeln anzudeuten. Der Mann sagte nichts, er stand nur da und wirkte sehr zufrieden. Als er seine Arme vor der Brust kreuzte, hörte man wieder das kehlige Kichern, das in der vergangenen Nacht vom Felsen getönt war.

Glen wollte sprechen, doch seine Zunge schien plötzlich nicht mehr zu ihm zu gehören. Er fühlte sich steif werden und quetschte schließlich mühsam hervor: „Wer sind Sie?"

Das Lachen dieses Mannes stieg noch an, um dann vollständig zu versiegen. Plötzlich streckte er ihnen einen Finger vor die Nase. „Was tut ihr auf meiner Farm?"

„Farm?" stotterte Pear.

„Wir wußten nicht, daß wir auf einer Farm sind", entgegnete Glen ruhig. „Wir waren die ganze Zeit im Cañon."

„Ich weiß", sagte der Mann, und sein Gesicht wurde so ernst dabei, daß Glen zur Seite schauen mußte. „Dies hier" — er deutete mit der Hand seitwärts und dann zu dem dahinterliegenden Wald — „ist meine Farm."

Pear warf Glen einen vielsagenden Blick zu und murmelte dann leise: „Er ist verrückt."

Glen wollte nicht widersprechen, denn wenn dieser Mann tatsächlich ein Farmer war, so bestimmt der überspannteste, den er je gesehen hatte. Er sah eher wie ein Prophet aus einer biblischen Geschichte aus und schien deplaciert in einer modernen Umgebung mit gepflasterten Straßen und elektrischen Überlandleitungen, die das nördliche Alabama durchzogen, wenn der Cañon selbst auch noch ursprüngliche Wildnis darstellte. Glen sah gerade, wie ein hochfliegendes Düsenflugzeug direkt hinter dem Kopf des alten Mannes eine weiße Rauchfahne in den blauen Himmel malte.

„Aber dieser Cañon gehört doch der Regierung, also uns allen", erklärte Glen ihm.

„Junge", sagte der Mann mit einer Stimme, die tief aus seiner Brust wie aus einem Brunnenschacht stieg, „mein Großpapa ist noch mit dem Ochsenkarren von North Carolina heruntergekommen, ehe die Cherokees von hier vertrieben wurden. Mein Papa ist hier auf dem Ostriff hinter dem spitzen Felsen aufgewachsen — genau wie ich —, und seither benützen wir diesen Cañon."

Glen fand seine eigene Stimme plötzlich wieder ganz normal. „Sie meinen, daß Sie hier jagen und fischen?"

„Etwas. Meistens verwenden wir das Gelände als Garten." Er starrte auf die schmutzstarrenden Kleider der beiden. „Seid ihr Jungs von zu Hause weggelaufen?"

Glen blickte Pear überrascht an. Es war ihm nie in den Sinn gekommen, daß der Mann dies denken könnte. Er antwortete mit einer Frage: „Sind Sie derjenige, der letzte Nacht diese Steine heruntergerollt hat?"

Das Gesicht des Mannes war ausdruckslos, als er die Gegenfrage stellte: „Warum sollte ich das getan haben?"

„Sie wollten uns Angst einjagen, damit wir wieder nach Hause gehen, denke ich." Erleichtert lächelte Glen über die Absicht dieses Mannes. Bald lachten beide Jungen laut und hoffnungsfroh, daß dies der einzige Grund für das Abbrennen ihrer Betten gewesen war. Doch gleich schlich sich ein anderer Gedanke bei Glen ein. Wenn es nun aber gar nicht dieser Mann gewesen war? Es blieb ihm keine Möglichkeit, dies herauszufinden, denn der Verdächtigte drehte sich um und schien mit dem Unterholz zu verschmelzen, so leicht und schnell war er der Sicht entschwunden.

„Hast du das gesehen?" rief Pear erstaunt. „Ein Reh könnte nicht so hurtig verschwinden."

In der Erregung nach ihrer geglückten Rettung und der Begegnung mit dem Waldläufer hatte Glen nicht auf seinen Durst geachtet. Seit gestern hatten sie keinen Tropfen Wasser zu sich genommen. Jetzt liefen sie schnurstracks zu ihrer Rohrleitung am Lagerplatz und tranken mit vollen Zügen.

„Ich habe nie gemerkt, wie schlecht das gechlorte Wasser schmeckt", sagte Pear. „Mein Paps hat eigentlich nur immer von dem klaren, kalten Quellwasser in seiner Heimat geschwärmt. Was glaubst du, warum das Wasser hier so frisch schmeckt?"

„Vielleicht von all den Blättern und dem Moos. Und von den Steinen, über die es rinnt", meinte Glen. Er grinste und blickte Pear an. „Du siehst wie eine Schildkröte aus mit all dem Dreck, Schlamm und Wasser. Komm mit zum Fluß, dann waschen wir dieses schmutzige Zeug."

Glen nahm eine Handvoll Yucca-Wurzeln mit, und dann schlenderten sie den Hang hinab. Am Fluß streiften sie ihre Kleider ab und tauchten sie in einen Ausläufer, der ein flaches Bett gebildet hatte. Hier wurde das Wasser von der Sonne erwärmt und von der vom Felsen reflektierten Hitze. Es bekam beinahe die Temperatur eines heißen Bades. Glen genoß die wohlige Wärme auf seiner Haut, als er sich mit der Yucca-Wurzel einrieb.

„Ich glaube, ich weiß jetzt, warum der alte Mann diesen Platz Garten genannt hat", bemerkte Pear. „Wahrscheinlich kennt er sich mit jeder Pflanze aus, die hier wächst, und weiß, wozu man sie verwenden kann."

„Das mag schon sein", meinte Glen. „Wenn er nur so lange geblieben wäre, bis wir ihm erklären konnten, warum wir hier sind, damit er uns nicht wieder eine schlaflose Nacht bereitet."

Pear blickte auf. „Meinst du, er sei so verrückt, daß er uns wirklich etwas antut?"

Langsam schüttelte Glen den Kopf. „Ich hoffe nicht." Er hatte seine Kleider zum Trocknen auf einen Felsen gelegt, doch die Sonne stand schon sehr tief am Himmel. Ein seltsam entferntes Geräusch, das den Frieden dieses Sommernachmittages störte, ertönte von irgendwo am Felsenrand. Glen blieb lauschend stehen, und dann kam es ihm schlagartig zum Bewußtsein, daß es sich um eine Autohupe handelte. Wieder hatten sie das Signal vergessen! Aber am Morgen war es ja nicht möglich gewesen, bis sie endlich der Höhle entronnen waren. Offensichtlich kam sein Vater deshalb zurück, um nochmals nachzusehen, ehe er eine Suchaktion startete. Gerade blies er das Horn als letzten Versuch, Kontakt mit ihm aufzunehmen.

„Wir müssen schnell zum Signalstein!" brüllte Glen. „Vielleicht kommen wir dort noch an, ehe er wieder abfährt."

Beide Jungen — splitternackt — sausten am Flußufer entlang zu der Steinsammlung. Glen packte schnell einen Felsbrocken und wuchtete ihn auf die anderen. Dann stieg er hinauf und winkte. Er konnte seinen Vater mit dem Feldstecher an den Augen sehen. Bald winkte er zurück. Auch Pear wollte winken, doch da sah er noch mehr Personen droben erscheinen und stellte mit Entsetzen fest, daß es ihre Mütter waren. Mit einem Plumps, der die Fische im Umkreis von hundert Metern aufscheuchte, ließ er sich ins Wasser fallen. Nachdem die Gestalten verschwunden waren, hörte Glen die Hupe noch ein paarmal kurz. Es klang wie Pferdegelächter.

„Glaubst du, daß wir noch etwas von diesem alten Mann sehen werden?" fragte Pear schon wieder, als sie am Fluß entlang in Richtung Kleider wateten.

„Ich weiß nicht", sagte Glen. „Auf jeden Fall wird er alles beobachten, was wir hier treiben."

Kaum hatte er diese Worte ausgesprochen, als er vor Stiefelabdrücken im Sand des Ufers verharrte. An den Spuren war zu erkennen, daß der Mann eine Zeitlang stehengeblieben war und sich vielleicht umgeschaut hatte. Glen blickte auf die Riffspitze, wo sein Vater gewesen war, und stellte fest, daß man ihn von hier aus hatte sehen können, ebenso den Signalstein.

„Diese Spuren sind erst vor kurzem hinterlassen worden", sagte Pear. „Das Wasser sammelt sich noch in dem einen Abdruck." Zusammen suchten sie in der Umgebung, ob der Mann vielleicht auf der Lauer lag, doch sie fanden nichts.

„Was hatte er wohl vor?" fragte Pear.

„Er wollte sich wahrscheinlich nur umsehen. Da fällt mir ein: Wahrscheinlich hat er die Hupe gehört und auch unsere Leute gesehen."

„Dann hat er jedenfalls eine Sache erfahren", bemerkte Pear nach kurzem Schweigen.

„Und was meinst du?"

„Daß wir nicht von zu Hause weggelaufen sind."

10

Als sie so am Fluß dahingingen und Brombeeren aßen, die an sonnenbeschienenen Hängen wuchsen, bemerkte Glen einige Schalenhälften im Sand. „Die sehen aus wie Süßwassermuscheln", erklärte er.

„Sie sehen aus wie Muscheln, aber ich habe noch nie davon gehört, daß es hier welche gibt", meinte Pear.

„Meinst du, man könnte sie essen?"

„Jemand hat davon gegessen", sagte Glen, „also würden sie uns wohl auch nicht schaden."

Waschbärenspuren in der Nähe der Schalen bewiesen zwar, wer der Fischer gewesen war, aber nicht, woher der Fang stammte. Durch das klare Wasser konnte man bis auf den Grund des Flusses sehen, und der Sand war dort so weich wie in einer trockenen Bucht.

„Auf jeden Fall waren sie in seichtem Wasser", erklärte Glen kurz. „Ich habe noch nie von Waschbären gehört, die unter Wasser schwimmen." Mit bloßen Füßen prüften sie nun den Sand und gruben ein Dutzend runder Flußsteine aus dem seichten Wasser aus, fanden jedoch keine Muscheln.

„Dieser Bär muß hier schon alles abgegrast haben. Warum schauen wir nicht dort, wo das Wasser tiefer ist?" fragte Pear.

Dies war ein guter Vorschlag, denn kaum waren sie weiter hineingewatet, als sie mit den Zehen schon auf vergrabene Muscheln stießen. Sie achteten nicht auf ihre Shorts, die schon wieder naß wurden. Bald hatten sie fünfzehn Muscheln eingesammelt und trugen sie zu dem kleinen Teich, den sie für ihren Fischvorrat angelegt hatten. Sie kamen dort gerade im richtigen Moment an, denn ihre Schritte vertrieben eine Waschbärenmutter mit drei Jungen.

Diese Bärenfamilie hatte einen gedeckten Tisch am Weiher der beiden Jungen vorgefunden. Der Rand war von ihren Spuren gezeichnet und ringsum alles bespritzt von ihrer Tätigkeit. Die Blätter und Zweige, die die Jungen als Versteck für die Fische im Wasser gelassen hatten, waren von Bärentatzen herausgerissen worden, und die in der Nähe herumliegenden Flossen und Fischköpfe zeigten, wie gut Bären angeln können.

Glen brach den Damm auf, und als das Wasser aus dem Weiher abgelaufen war, fand er noch einen einzigen Sonnenfisch vor, einen winzig kleinen.

„Ich schlage vor, wir essen diese Muscheln gleich hier", sagte Pear. „Dann haben wir nicht den ganzen Abfall im Lager. Ich bin sowieso viel zu müde, um ein neues Bett zu bauen. Ich könnte im Stehen schlafen."

Solange Pear trockene Stecken sammelte, wanderte Glen zum Lager, um zu sehen, ob in ihrem Feuer noch ein heißer Funke vorhanden war, den man zu neuem Leben erwecken könnte. Doch es war nichts als kalte graue Asche übriggeblieben. Glen nahm den Feuerstein und Späne aus Zedernholz und stieg müde wieder zum Strand hinab.

Diesmal schien ihnen das Glück hold zu sein, oder sie waren inzwischen schon so geübt im Umgang mit Messer und Kiesel. Schon die ersten Funken fingen Feuer, und bald brannte eine helle Flamme.

„Hast du schon einmal Muscheln gekocht?" fragte Pear.

„Nein, aber ich habe schon Fotos vom Meeresstrand gesehen, auf denen Leute ein Feuer angezündet und Muscheln auf Seetang gedünstet haben."

„Anstelle von Tang könnten wir nasse Blätter nehmen", schlug Pear vor. Dies erwies sich als guter Einfall, und sie sammelten sofort die Papaublätter ein, die überall herumlagen. Diese Blätter wurden zunächst in Wasser getaucht und dann in verschiedenen Schichten auf dem Feuer aufgebaut. Darauf kamen die Muscheln, die wiederum mit nassen Blättern zugedeckt wurden.

Solange sie auf ihr Essen warteten, hob Glen den Fischteich mit einem flachen Sandstein aus, bis er ungefähr 70 cm tief war. Nun rollte er Steine herbei, um auch dem größten Waschbären den Eintritt zu verwehren. Als dies fertig war, lüpfte Pear einige der dampfenden Blätter, um nach den Muscheln zu sehen. „He", rief er, „die sehen aus, als ob sie gar wären. Die Schalen sind schon aufgesprungen."

Die beiden Jungen nahmen die Muscheln vom Feuer und benutzten Stecken als Zangen. Nachdem sie etwas abgekühlt waren, kratzte Glen das Fleisch heraus und steckte es in den Mund. Obwohl sie etwas trocken waren, schmeckten die Muscheln doch ausgezeichnet. Der einsame Sonnenfisch war auf einen heißen Stein am Rande des Feuers gelegt worden, und er wurde gar, als die Muscheln vertilgt waren. Pear zerlegte ihn, und die kleine Portion für jeden war gerade der richtige Abschluß dieser Mahlzeit. Als die Dämmerung hereinbrach, bauten sie ihr Feuer zu einem richtigen Freudenfeuer aus. Sie warfen zwischendurch auch grüne Blätter hinein, um Rauch zu erzeugen, der die Moskitos in respektvoller Entfernung hielt. Nachdem sie noch ein paar Brombeeren als Nachtisch gepflückt hatten, streckten sie sich faul auf dem Sand aus, bis es schon längst dunkel war.

„Ich bin so müde, daß ich auf einem Felsen schlafen könnte", seufzte Pear nach einer Weile.

„Es sieht auch so aus, als ob uns nichts anderes übrigbliebe, nachdem dieser Sonderling unsere Betten verbrannt hat."

Pear schnippte mit den Fingern. „Ich habe darüber nachgedacht, wo ich den alten Mann schon einmal gesehen habe."

„Und wo war das?"

„Kannst du dich noch an den Mann erinnern, der mit Opossums und Kaninchen hausieren ging? Nein, ich glaube, das war schon, ehe ihr in unsere Stadt gezogen seid. Auf jeden Fall bin ich ziemlich sicher, daß er das war, denn ich habe ihn ein paarmal gesehen. Er kam immer an die Küchentür und verkaufte Felle von wilden Tieren, die er gefangen hatte, dazu Brombeeren, Heidelbeeren oder was es sonst gerade gab. Man nannte ihn den Opossum-Mann."

Obwohl die Nacht klar war, schien der Cañon jetzt vollständig schwarz, denn der Mond war noch nicht aufgegangen, und das Licht der Sterne drang nicht durch die Bäume und Büsche über ihnen. Die Jungen starrten zufrieden in das Feuer, das langsam verglühte. Glen hörte dem Lärm der verschiedenen Froscharten zu. Am Flußufer gab es viele, vom tiefen Quaken der Ochsenfrösche, Leopardfrösche bis zu den kleinen Sumpffröschen. Doch sie kamen alle nicht an gegen das Konzert der zahlreichen Laubfrösche, die auf den Bäumen verstreut saßen. Gelegentlich hörte man ein Platschen, wenn ein aufgeschreckter Ochsenfrosch sich vor einem streunenden Fuchs oder Waschbären im Wasser in Sicherheit brachte.

Ein Lichtstrahl aus der Richtung ihrer Lagerstätte streifte Glens Auge. „He, schau mal dort!" rief er erregt und zeigte nach oben.

„Sag bloß nicht, daß der Opossum-Mann wieder am Werk ist!" stöhnte Pear und sprang schnell auf. „Meinst du, wir sollten hinaufgehen? Er könnte gefährlich sein."

Glen starrte auf jenes Feuer, das anzuwachsen schien, und wunderte sich, was dort oben brannte. Sie hatten keinerlei Holzvorrat zurückgelassen.

„Wir schleichen uns leise heran und sehen nach, was los ist!" Glen huschte gewandt durch die Büsche, und

Pear folgte ihm. Das Feuer diente als Wegweiser und zeigte ihnen Äste und sonstige Hindernisse auf ihrem Weg nach oben.

Glen lugte sacht über den Felsenrand und vermied jede rasche Bewegung. Es war jedoch niemand in Sicht. Das Feuer wurde mit dürrem Reisig unterhalten, und zu Glens Verblüffung lag noch ein Holzstapel daneben.

„Schau, dort!" flüsterte Pear leise und zeigte auf die Stelle, wo ihre Betten gewesen waren. Da lagen neue Matratzen aus Riedgras!

„So, und was sagst du nun?" stotterte Glen.

Sie richteten sich auf und kletterten über den Felsen. Glen untersuchte den Lagerplatz, ob irgend etwas fehle. Nichts war angerührt oder verändert worden außer Holz und Betten. Ehe die Jungen neues Brennmaterial auflegten, suchten sie noch die Umgebung ab. Dann legten sie sich auf ihre Betten und machten es sich bequem. Glen war so erschöpft, daß er gar nicht den Versuch unternahm, wachzubleiben. Und schon ehe er einschlief, konnte er Pears tiefe Atemzüge hören.

Er hatte, wie er meinte, nur einen Augenblick lang geschlafen, als er von einem Geräusch aufwachte. Er riß die Augen auf und sah gerade noch, wie der Opossum-Mann einen Armvoll Holz auf den Holzstapel neben dem Feuer legte. Dann verschwand er lautlos.

11

Es war schon lange Vormittag, als Glen aufwachte, weil die Sonne ihm das Gesicht wärmte. Pear stand gerade auf, streckte sich und gähnte.

„Junge, Junge", krächzte er mit heiserer Stimme, „habe ich heute nacht geschlafen!"

„Was ist los mit dir?" murmelte Glen und merkte dabei, daß er genauso heiser war. In seinem Hals schien ein riesiger Klumpen zu stecken.

Pear zeigte auf den Mund. „Schmeckt bitter. Hast du etwas Hustensirup?"

„Nicht sehr viel", antwortete Glen mit einer Stimme, die so tief wie die eines alten Mannes klang. Sein Versuch, zu scherzen, mißlang.

Als er sich erhob und auf den improvisierten Wasserhahn zuging, merkte er, daß sie Gesellschaft bekommen hatten. Der Opossum-Mann war ohne Ankündigung in ihr Lager getreten. Er ging hinüber zum Feuer, das herabgebrannt war, und blies es an. Er sprach nichts und schien ihre Anwesenheit gar nicht zu beachten.

„Guten Morgen", krächzte Pear und brach in Husten aus.

Der Mann blickte kurz auf, nickte und deutete ein Lächeln an, ehe er weiterblies. Schließlich richtete er sich auf und fragte: „Husten?"

Glen antwortete: „Sie sagen es. Wir beide."

Ehe die Konversation sich weiter entwickeln konnte, ging der Alte so schnell weg, wie er gekommen war. Die beiden Jungen sahen sich an, und Pear fragte erstaunt: „War das etwas, weswegen man beleidigt sein kann?"

„Frag mich nicht", knurrte Glen. Seine Worte gingen in einem schweren Hustenanfall unter. Kaum war dieser vorbei, da erschien der alte Mann wieder. In der einen

Hand trug er einige Streifen Rinde, in der anderen anscheinend wilde Kirschen. Er ging auf die Jungen zu und gab beiden davon. Die schwarzen Kirschen waren nur halb so groß wie die roten im Gemüseladen. Doch Glen kannte sie schon, er hatte manchmal welche gegessen, wenn sie überreif und daher nicht mehr bitter waren. Manche schienen jedoch nie reif zu werden.

„Kaut zuerst auf der Rinde, dann auf den Kirschen", befahl der Mann. Dann kauerte er am Feuer nieder.

Glen tat, wie der Mann befohlen hatte. Da er vertraut im Umgang mit Traubenkirschen war, wußte er, daß diese harmlos waren. Was der Mann im Sinn hatte, war ihm allerdings rätselhaft. Die Rinde war bitter, seine erste Reaktion, sie wieder auszuspucken. Doch der Saft schien eine sofortige Wirkung auf seine Halsmuskeln auszuüben, denn sie zogen sich zusammen.

„Das ist ja prima", sagte er laut. Seine Stimme hatte schon etwas von ihrer Rauhheit verloren, und als er noch ein Stückchen Rinde kaute, merkte er, daß auch der Husten nachgelassen hatte.

Der Mann sah sie forschend von der Seite an. „Habt ihr Jungs etwas zu essen hier?"

Glen lächelte. „Nein, das haben wir nicht, aber wir kommen schon durch." Und dann erklärte er den Grund, warum sie im Cañon waren. Um zu beweisen, daß Härte und Ausdauer der Männer aus der Pionierzeit noch nicht ausgestorben sind.

Die Augen des Opossum-Mannes wurden vor Überraschung immer größer, als Glen sprach. „Ihr habt überhaupt keine Lebensmittel mitgebracht?"

„No, Sir", antwortete Pear. „Wir sind bis jetzt ganz gut gefahren." Er zögerte, ob er ein unangenehmes Thema anschneiden solle, tat es aber dann doch. „Wenigstens, bis jemand unsere Betten verbrannt hat."

Glen betrachtete das Gesicht dieses Mannes. Es schien entspannt unter dem großen Bart, und seine Augen wiesen sogar auf Humor hin.

„Ich nehme an, Sie waren das", fuhr Pear anklagend fort.

Der Mann kicherte und senkte den Kopf. „Ich habe euch wohl falsch eingeschätzt", sagte er ruhig. „Dachte nicht, daß sich ein Stadtjunge hier zurechtfände." Einen Moment schwieg er und fuhr dann fort: „Was habt ihr Jungs bisher gegessen?"

Glen beschrieb das Menü der letzten Tage: Beeren, Fische, Muscheln. Dann erzählte er von den Kaninchenfallen, die bisher allerdings leer blieben.

„Wie steht es mit Brot?"

Glen sagte, daß sie noch keinen Ersatz dafür gefunden hätten. Dabei mußte er ständig an das beglückende Gefühl denken, jetzt seinen Mund mit frischem, warmem Brot zu stopfen — egal, von welcher Sorte. „Auf diesen Luxus müssen wir wohl verzichten, bis wir wieder zu Hause sind."

„Ich habe etwas Mehl droben in meinem Haus", sagte der Mann. „Ihr seid mir jederzeit willkommen, wenn ihr etwas braucht."

Glen sah Pears hungrigen Gesichtsausdruck. Sein eigener Magen knurrte, doch er wollte bei der Stange bleiben. „Dafür sind wir Ihnen sehr dankbar, können aber leider nicht zusagen", rief er schnell, noch ehe Pear eine Möglichkeit hatte, anzunehmen.

Der alte Mann antwortete zunächst nicht, doch Glen meinte Befriedigung in seinen Augen zu lesen. „Auf jeden Fall habt ihr Jungs das gleiche Mehl wie ich zur Verfügung."

Pear schaute erstaunt drein. „Und was wäre das?"

„Eicheln. Meine Vorfahren haben in schlimmen Zeiten

Mehl daraus gemacht und dann Brot daraus gebacken, wie es bei den Cherokees üblich war."

„Davon habe ich auch schon gehört, aber es noch nie ausprobiert", warf Glen ein. „Ich habe schon ein paarmal auf Eicheln gekaut, als wir noch am Sand Mountain lebten. Aber die Eichhörnchen sammeln sie doch immer gleich ein, wenn sie gefallen sind. Hier habe ich überhaupt noch keine gesehen."

„Zu dieser Jahreszeit kannst du auch keine finden. Eichhörnchen und Backenhörnchen haben sie letzten Herbst schon aufgelesen. Aber an die schwarzen Eicheln gehen sie nur im Notfall heran, weil diese bitter schmecken."

„Wenn Tiere sie nicht nehmen, was sollen wir dann damit anfangen?" fragte Pear.

„Wie die Indianer es machen: die Bitterkeit entfernen. Dort droben gibt es viele Färbereichen. Ihr braucht nur die Blätter am Boden wegzukicken, und schon habt ihr, was ihr wollt." Er fuhr fort: „Und dann schlagt ihr sie zu einem Brei und kocht ihn. Und dann das Wasser abgießen." Er schaute sich kurz um. „Aber ihr Jungs habt wahrscheinlich keine Töpfe."

Glen schüttelte den Kopf.

Der Mann dachte einen Moment lang nach und hatte dann einen anderen Vorschlag. „Ihr könnt es auch am Fluß machen wie die Cherokees. Fließendes Wasser nimmt die Bitterkeit ebenfalls weg."

„Was machen wir, damit uns die Eicheln nicht davonschwimmen?" fragte Pear, doch der alte Mann schien in Gedanken versunken.

„Auch aus verschiedenen Wurzeln stellten die Indianer Mehl her", fuhr er fort und erzählte dann noch lang und breit, was eine alte Frau bei den Cherokees alles aus Honig gemacht habe.

Doch ehe Glen oder Pear noch weitere Fragen stellen

konnten, war er wieder verschwunden. Die Jungen schauten sich an; dann sprach Pear ihrer beider Gedanken aus. "Er ist jetzt ganz anders."

"Wirklich anders", bekräftigte Glen. "Aber er hat etwas zu sagen. Und je mehr er sprach, desto hungriger wurde ich. Ich esse jetzt zuerst einmal diese Beeren vollends auf, damit mein Magen nicht mehr so unverschämt knurrt. Dann können wir wieder Fische fangen und zum Frühstück Pflaumen dazu essen."

"Wie wäre es denn mit Eicheln?" fragte Pear.

"Die können wir später noch suchen", antwortete Glen und griff schon nach der Scheide seines Jagdmessers.

Als sie durch die Brombeerbüsche am Flußufer gingen, fiel Glens Blick auf eine Sandbank ein paar Meter vom Wasser entfernt. Er konnte sich nicht erklären, was er dort sah. Es schaute aus wie ein moosbedecktes Holzstück, das von unterirdischen Stößen geschüttelt wurde.

12

Pear bemerkte, wie Glen auf die Bewegung im Sand starrte, und fragte: „Was ist das?"

Es dauerte noch einen Augenblick, bis Glen die weichen Umrisse einer Schildkröte ausgemacht hatte. Er flüsterte Pear zu: „Schau dir das an, es muß der größte Schnapper der Welt sein."

Der Panzer war bedeckt mit Streifen grüner Algen, die eine gute Tarnung für die Beißschildkröte abgaben. Der Kopf des Tieres schien größer als die Faust eines Mannes zu sein.

„Was macht sie?" fragte Pear interessiert.

„Ich weiß nicht genau, aber ich denke, sie legt gerade Eier."

Helles Sonnenlicht spiegelte sich in dem Schlamm neben der Schildkröte. Bei jedem der runden Eier, die gelegt wurden, entstand eine Bewegung, wie sie die Jungen zuvor gesehen hatten.

„Dann holen wir sie", flüsterte Pear. „Ich habe noch nie Schildkröteneier gegessen, aber sie müssen herrlich schmecken."

„Okay, aber wir warten, bis alle gelegt sind."

„Weißt du, was ich glaube?" ließ sich Pear wieder vernehmen. „Daß das die Schildkröte war, die uns kürzlich den Katzenfisch angefressen hat."

„Das denke ich auch", stimmte Glen zu. „Außerdem ist es ungefähr die Stelle, wo wir ihn gefangen haben."

„Meinst du, wir könnten das Ding essen?" zweifelte Pear.

„Eine Menge Leute tun das. Ich versuche es auch, wenn du mitmachst."

„Glaubst du nicht, daß es gegen das Gesetz ist, sie zu töten?"

„Eine Schnappschildkröte doch nicht", antwortete Glen. „Damit tun wir den Leuten hier in der Gegend nur einen Gefallen. Diese Tiere fressen alle Sorten von Fischen, und dieses Exemplar hier lebt sicher schon seit Jahren im gleichen Revier."

„Aber wie sollen wir sie umbringen?"

„Das ist eine kluge Frage. Wir könnten ein paar Stecken nehmen und versuchen, ob wir sie treffen. Aber der Kopf sieht ziemlich hart aus."

„Wir könnten ihr doch einen Stein auf den Schädel werfen", schlug Pear brutal vor.

„Das wäre wohl unsere einzige Chance", pflichtete Glen bei. „Aber wir müssen verhindern, daß sie ans Wasser rennt."

„Wir drehen sie zuerst mit einem Stock um", meinte Pear.

Kaum hatte er ausgesprochen, als die Schildkröte begann, mit den Hinterfüßen Schlamm in ihr Brutloch zu stoßen.

„Jetzt schnell einen Stock!" flüsterte Glen. Die beiden sahen sich um, fanden aber in der Eile keine toten Äste. Pear kniete vor einem Birkenbäumchen nieder und begann wie wild eine Rute abzuschneiden, während Glen am Ufer eine hastige Suche nach Treibholz veranstaltete.

„Beeil dich!" rief Pear ihm zu. „Sie ist schon auf dem Weg ins Wasser."

Glen entdeckte einen meterlangen Stecken im Gebüsch und rannte Pear damit nach. Kurz vor dem Fluß erreichten sie die Schildkröte noch. Pears Stock war zuerst unter dem Panzer der Schildkröte. Doch zu seiner größten Überraschung flog der Kopf des Tieres herum, die Kiefer öffneten sich und schnappten zu. Er hielt nur noch den halben Stecken in der Hand.

Ehe Pear noch zur Seite springen konnte, war das

Schildkrötenmaul an seinen Füßen, und als er zurückstolperte, schloß es sich wie eine stählerne Falle. Zwar verfehlte es seine Beine, konnte aber noch einen seiner Schuhabsätze packen. Als Pear wegsprang, sah Glen, daß ein Stück daran fehlte.

Nun stieß er mit seinem kurzen Stock zu, und die Schildkröte vollführte eine Art Purzelbaum. Glen drückte sie mit dem Stock fest, als sie auf dem Rücken lag und mit den Füßen strampelte.

„Schnell einen Stein!" rief er Pear zu. Doch dieser war schon dabei, einen Felsbrocken, den er kaum halten konnte, herbeizuschleppen. Er ließ ihn direkt auf den Kopf der Schildkröte fallen.

„Mein Freund", keuchte Glen, „du und St. Georg — und der Drache."

Pear starrte auf den zerschmetterten Kiefer des Tieres. „Was meinst du, was passiert, wenn du da zufällig hineinmarschierst?"

„Dann brauchst du an einem Fuß eine kleinere Schuhnummer."

Nachdem sie eine Weile ausgeruht hatten, bemerkte Glen: „Ich bin zwar nicht begeistert, dieses Stück zu essen, aber eigentlich habe ich Hunger."

„Das wäre ein beschwerlicher Marsch damit zum Lager. Komm, wir kochen den Braten gleich hier."

Glen stimmte zu, und Pear sammelte Brennholz. Dann holte Glen im Lager etwas zum Anzünden. Mit einem Stück Eichenholz beförderte er die brennenden Späne. Als er zurückkam, fand er einen verärgerten Pear vor.

„Kaum hatte ich mich umgedreht", schrie er, „da hat ein Waschbär die Eier ausgegraben. Er muß zugeschaut haben, als die Schildkröte sie gelegt hat, und wollte auch nicht darauf verzichten, als ich aufkreuzte. Ich mußte ihn mit Steinen vertreiben."

Nun wurde ein riesiges Feuer aus dem Treibholz entzündet, und als es zu Kohlen herabgebrannt war, legten sie die Schildkröte hinein. Allmählich entstand der herrliche Duft gebratenen Fleisches.

Glen schleppte noch die fünfzehn Eier an den Rand des Feuers. Sie sahen aus wie Golfbälle. „Wie sollen wir sie kochen?" fragte er.

„Geröstet ist die beste Möglichkeit", antwortete Pear. „Nachdem wir ja eine ganze Menge davon haben, schlage ich vor, wir schauen mal in eins 'rein, ehe wir damit anfangen."

Glen nahm einen flachen heißen Stein vom Feuer als Pfanne und schlug ein Ei mit dem Jagdmesser auf. Eigelb und Eiweiß teilten sich wie bei einem Hühnerei — mit der einzigen Ausnahme, daß der Eigelbball sich sofort vom durchsichtigen Eiweiß trennte und wegrollte. Nach ein paar Sekunden kratzte Glen die Masse mit seinem Messer weg, doch ein großer Teil blieb eingebettet in die rauhe Oberfläche des heißen Steines.

Pear nahm gierig ein Stück in den Mund, dann einen größeren Brocken. „Junge, ist das gut."

Glen probierte vorsichtiger. „Es schmeckt wie hartgekochtes Ei", verkündete er.

„Das muß es", meinte Pear.

„Was muß es?"

„Es muß wie hartgekochtes Ei schmecken, denn das ist es doch."

Glen ließ es bei einem Grinsen bewenden und legte die restlichen Eier an den Rand des Feuers. Das Aroma, das der Schildkröte entströmte, wurde immer verführerischer, besonders, als der Saft herausströmte und auf den heißen Kohlen verdampfte. Die Eier brieten schnell, und beide Jungen setzten sich, um zehn Minuten lang ein ungewöhnliches, doch vorzügliches Nahrungsmittel zu vertilgen.

„Wann wird die Schildkröte wohl gar sein?" fragte Pear.

„Das dauert bestimmt einige Zeit. Je älter eine ist, desto zäher ist sie. Wir könnten ja inzwischen zu den Pflaumen gehen, um unseren Appetit anzuregen", antwortete Glen grinsend.

Als sie etwa eine Stunde später zum Fluß zurückkamen, schien die Schildkröte fertig zu sein, denn der Saft war auf der Schale eingetrocknet und verkrustet. Glen schaute in Pears zweifelndes Gesicht und lachte. „Besonders hungrig siehst du nicht gerade aus."

„Wenn ich mir das so anschaue, vergeht mir der Hunger. Das sieht ja aus wie ein verbrannter Holzklotz oder so etwas."

Mit Hilfe von Stöcken zogen sie das Tier aus dem Feuer. Glen stieß das Jagdmesser zwischen Bauch- und Rückenschild und versuchte, die Sehne zu treffen, die alles zusammenhielt. Es war eine schwierige Arbeit, da keiner der Jungen Erfahrungen damit hatte. Der heiße Dampf verbrannte Glens Finger, doch schließlich hatte er das Rätsel gelöst. Wenn man das Messer an der richtigen Stelle ansetzte, lösten sich die seitlichen Gelenke wie von allein.

„Riechen tut es ja gut", quengelte Pear, „und ein Glück, daß ich Hunger habe, sonst würde ich meinen Anteil den Katzenfischen zum Fraß vorwerfen."

Glen schnitt ein Stück aus den Muskelsträngen und versuchte es. Es mundete ausgezeichnet, und Pear hielt mit. Begeistert rief er: „Das schmeckt wie Schildkrötensuppe oder so etwas Ähnliches, was es zu Hause mal gab."

„Weißt du auch, warum?" fragte Glen und freute sich, daß er Pears Scherz von kurz zuvor zurückgeben konnte.

„Nein", antwortete der abwesend.

„Weil es eine Schildkröte ist", sagte Glen, doch sein Freund schenkte ihm nur ein schiefes Lächeln.
Nun verbrachten die beiden über eine halbe Stunde mit ihrer Mahlzeit, bis die obere Hälfte restlos leer war.
„Ich denke, dieser Panzer wäre eine ideale Spülschüssel für uns", schlug Pear vor.
„Wenn wir Geschirr hätten", bemerkte Glen faul.
„Dann als Waschschüssel für uns."
„Wer will sich denn waschen, wenn drunten der Fluß ist und droben im Lager eine Dusche?" nörgelte Glen. Doch als er Pears enttäuschtes Gesicht sah, lachte er los. „Wir können diesen Schild vielleicht als Topf verwenden, wenn wir nur ein leichtes Feuer darunter anzünden."
„Da der Vorschlag also von mir stammt, bin ich dafür, daß du den Topf reinigst", sagte Pear würdevoll.
„Ich bin aber mehr für dich", entgegnete Glen lachend. „Außerdem möchte ich mir die Hände nicht beim Geschirrspülen verderben."
Pear überhörte Glens letzte Worte und warf träge ein paar Fleischbrocken in den Fluß. Die Elritzen an der Oberfläche strömten sofort herbei und stritten sich um die Beute. Plötzlich wurde Pear hellwach. „Siehst du, was ich sehe, mein Freund?"
„Tu' ich", antwortete Glen, „ich glaube, unsere Schüssel ist schon vor morgen früh gewaschen."
Sie legten den umgestülpten Schild in seichtes Wasser und beschwerten ihn mit einem großen Stein. Noch ehe sie das Flußufer verlassen hatten, gingen die Elritzen ans Werk.

13

Die Rinde des Wildkirschenbaumes hatte den Jungen viel von ihrer Heiserkeit genommen, und Glen fühlte, daß sie Glück hatten, den Opossum-Mann getroffen zu haben, auch wenn er etwas überspannt war. Eine Sache quälte ihn jedoch, als sie sich nach dem Schildkrötenfest am Flußufer wuschen. Er sprach seine Gedanken aus.

„Ich würde es schon gerne probieren, das mit dem Brot aus Eichelmehl, aber wäre das nicht Betrug?"

„Betrug?" fragte Pear erstaunt. „Wer wäre damit betrogen, die Eichhörnchen vielleicht?"

„Das meine ich nicht. Aber wir sind hier herausgezogen, um zu beweisen, daß wir allein in der Natur leben können. Wenn wir uns aber von dem Opossum-Mann helfen lassen, tun wir das nicht."

Pear dachte einen Moment nach. „Wie steht es mit Daniel Boone? Glaubst du nicht auch, daß ihm eine ganze Menge Leute erzählt haben, was er in den Wäldern tun soll und was nicht? Der hat auch nicht alles gewußt."

Glen nickte langsam. „Da magst du recht haben, daran habe ich nicht gedacht. Eigentlich hilft er uns ja nicht direkt, solange er nicht wirklich etwas tut. Er ist mehr eine Art wandelndes Lexikon — von der wilden Sorte."

„Wie steht es aber mit den Betten, die er für uns gemacht hat?" fragte Pear.

„Ja, die hat er gemacht", murmelte Glen kaum hörbar. „Aber es ist nur Ersatz für die Betten, die wir uns gemacht und die er ins Feuer geworfen hatte."

„Wie können wir dieses wilde Lexikon finden, wenn wir es brauchen?" fragte Pear.

„Das weiß ich auch nicht. Er muß dort im Osten irgendwo wohnen. Viele Häuser gibt es da nicht, wir müßten ihn leicht finden."

„Was sollen wir mit dem Rest des Nachmittags anfangen?"

„Eichelmehl machen, wie ich gesagt habe."

Pear nickte zustimmend. „Mein Magen hat so viel Fleisch und Beeren gehabt, wie er bis zum Erntedankfest braucht."

Sie suchten die Hänge nach Eicheln ab. Nach einer Viertelstunde hatten sie ein Dutzend gefunden. Doch obwohl die Eicheln auf den ersten Blick gesund aussahen, merkte Glen schnell, warum die Eichhörnchen sie verschmäht hatten. Jede hatte ein winziges Wurmloch, und der Inhalt war verdorben.

Langsam arbeiteten sie sich durch die Rhododendron- und Lorbeerbüsche voran, an deren Blütendolden die Bienen hingen. Bald kamen sie auf weicheren Waldboden, und Glen fand heraus, daß er mit jedem Kicken seines Fußes mindestens eine, manchmal aber auch zehn Eicheln vom Blätterwerk befreite. Ehe noch eine halbe Stunde vergangen war, zogen die beiden Jungen ihre Hemden aus, um die reiche Beute darin zu sammeln.

„Nun reicht es aber für eine Weile", stöhnte Glen.

„Ich frage mich nur, wie wir die Dinger mahlen wollen", sagte Pear und schulterte seinen Sack. Die wenigen Tage in der Wildnis hatten ihren Kleidern schon sehr zugesetzt.

„Wir müssen sie von den Schalen befreien und in kleine Stücke klopfen", antwortete Glen. „Dann müssen wir sehen, wie wir möglichst viel Bitterkeit herauswaschen können, ehe wir das Mehl kochen."

Nachdem sie ihre Vorräte bis zum Lager geschleppt hatten, machten sie sich an die mühsame Arbeit, die Eicheln zu schälen, indem sie diese zwischen Steinen aufschlugen. Der Nachmittag zog sich dahin, doch sie hielten durch, denn sie wollten das fertige Mehl über Nacht einweichen. Während Pear noch beim Enthülsen war, ging Glen schon dazu über, die Eicheln zu grobem Mehl zu zerstoßen. Zunächst versuchte er es mit Steinen, doch da es sich in dieser Gegend um weichen Sandstein handelte, fand er heraus, daß sich zuviel Sand unter das Mehl mischte. Er erinnerte sich an die Geschichte von Indianern, die ihre Zähne vorzeitig vom sandigen Korn einbüßten. Sie würden wohl einen hölzernen Schlegel benötigen.

Zehn Minuten verbrachte er damit, einen kleinen Baum zuzuhauen, um mit diesem Werkzeug die Eicheln in Mehl zu verwandeln. Obwohl viele Eicheln bei diesem Vorgang davonflogen, hatten sie bis Mittag doch einige Pfund Mehl zusammen.

Sie gingen damit zum Fluß und suchten nach einem der kleinen Bäche, die sich durch die schweren Regenfälle der letzten Zeit gebildet hatten.

„Ich überlege jetzt nur einen Weg, wie wir den Sand vom Mehl fernhalten könnten", bemerkte Glen nachdenklich. „Wenn wir einen Steindamm benutzten, wird auch das Mehl mit fortgespült. Und wenn wir Sand verwenden, so wird sich dieser mit dem Mehl vermischen."

„Ich weiß eine Lösung", frohlockte Pear.

„Und das wäre?"

Pear zeigte auf Glens Hemd. „Das würde sich gut machen. Wir hängen es ins Wasser, dann wird es gleich gründlich gewaschen. Außerdem sind die Eicheln sicher gar nicht so bitter wie dein Hemd."

Glen fiel nicht so schnell eine passende Entgegnung ein, doch er lächelte. Sie fanden ein Schlagloch im Bach und hängten beide Hemden an einem darübergehängten Pfahl auf, so tief, daß das Mehl vom Wasser bedeckt war.

„Ich habe so das Gefühl, daß die Eicheln ewig bitter bleiben, wenn nur so wenig Wasser durchfließt", bemerkte Pear.

„Vielleicht hast du recht", meinte Glen. „Aber wenn es die ganze Nacht über läuft, reicht es vielleicht doch aus."
„Nun, wir werden ja sehen", entgegnete Pear.
Glen bemerkte die vielen Pilze, die am schattigen Ufer wuchsen, und erinnerte sich an eine Tante, die köstliche Mahlzeiten daraus zuzubereiten pflegte. „Kennst du dich mit Pilzen aus?" fragte er Pear.
„Nein, nur, daß manche giftig sind."
„Ich habe schon welche gegessen, die wie Brot schmeckten. Für meinen Magen wäre das eine Wohltat."
„Und wie willst du wissen, welche wir essen können?"
„Vielleicht finden wir welche, die von Tieren angenagt sind."
„Und wie willst du wissen, ob das Tier nachher noch lange gelebt hat?" fragte Pear unschuldig.
„Du bist wirklich eine große Hilfe", grinste Glen. Dann schlenderten sie durch das Erlengebüsch an der Uferböschung und fanden bald zwei verschiedene Arten heraus. Eine davon schien eine Glocke in Glens Gedächtnis anzuschlagen, ein sahniger weißer Pilz, dessen gezacktes Hütchen wie ein Schwamm aussah, der auf einem Stiel saß. Er konnte sich an den Namen nicht mehr erinnern, aber er war sicher, bei seiner Tante schon solche Pilze gegessen zu haben.
Die Bienen flogen emsig zwischen den Rhododendron- und Lorbeerbüschen hin und her, und Glen mußte sich ein paarmal vor ihnen in Sicherheit bringen. Doch die Bienen waren schwerbeladen mit Blütenstaub, und man konnte sich ihrer leicht erwehren. Manche taumelten am Boden dahin.
„Ich habe noch nie so dämliche Bienen gesehen", kritisierte Pear, nachdem er eine von seinem Rücken vertreiben mußte. „Zu blöd, daß wir sie nicht fangen und wie Erdnüsse rösten können."

„In Afrika rösten sie doch Heuschrecken", wußte Glen zu berichten. „Eine Biene schmeckt sicher so gut wie eine Heuschrecke."

Pear schaute ihn mißbilligend an und setzte sich dann auf ein Mooskissen. „Wir sollten die Biester noch eine Weile ärgern."

Glen unterbrach seine Pilzsuche und blieb ruckartig stehen. „Sag mal, warum machen wir das eigentlich nicht? Ich bin zwar nicht gerade ein Honigesser, aber eine Abwechslung nach der Fischdiät könnte nicht schaden."

„Und wie sollen wir herausfinden, wo ihr Bienenstock ist?"

„Wir folgen ihnen", sagte Glen knapp.

„Ach, einfach so", spottete Pear. „Hast du schon einmal versucht, eine Biene zu überholen?"

Sie vergaßen ihre Pilzforschungen für eine Weile und beobachteten die Bienen, um herauszufinden, welche Richtung sie einschlugen, wenn sie eine Blüte verlassen hatten. Einige flogen gleich zur nächsten weiter, doch die meisten flogen über die Hänge in Richtung Bear Creek Cañon davon.

„Siehst du, so geht es nicht", meinte Glen, als sie die Verfolgung aufnahmen. Mit der Zeit wurde die Vegetation kahler, und man sah keine Bienen mehr. Anscheinend waren die Jungen zu weit abgekommen.

Pear wandte sich wieder dem Fluß zu. „Dann essen wir eben Pilze und keinen Honig."

Glen folgte ihm in Gedanken versunken und zerbrach sich den Kopf, was er einmal darüber gelesen hatte, wie wilde Bienen den Weg anzeigen. Daniel Boone fiel ihm ein, dessen Augen so gut waren, daß er eine Biene auf eine halbe Meile Entfernung erkennen konnte. Diese Geschichte hatte Glen zwar nie geglaubt, weil er selbst eine Biene nur ein paar Meter weit sehen konnte.

„Was glaubst du eigentlich, wie die Bienen selbst zu ihrem Stock finden?" fragte Pear im Weitergehen.

„Wahrscheinlich wie Brieftauben. Sie haben eine Art Kompaß in sich." Kaum hatte er diese Worte ausgesprochen, als ihm auch schon bewußt wurde, daß hier die Antwort lag. Wenn die Bienen ihnen die Richtung zeigen würden, wäre es leicht, den Bienenstock zu finden. Wenn sie einige Bienen in einer Dose — falls sie eine hätten — fingen, könnten sie immer wieder eine freilassen. Doch als sie bei den Rhododendronbüschen anlangten, wußte er, daß die Antwort viel einfacher war. Wenn eine Biene ihren Kopf in eine großblättrige Rhododendronblüte vergrub, konnten sie den Eingang verschließen und die Fallen dann mit auf den Weg nehmen.

Er schilderte seinen Plan Pear, der sofort strahlte. „Prima!" Sie schälten einige schmale Streifen von der inneren Hickoryrinde ab, die sie zum Abbinden der Blüten verwenden konnten. Bald hatten sie ungefähr zwanzig entrüstete Bienen wie auf einem Halsband gefangen.

Sie hielten den Blütenkranz eine Armlänge von sich entfernt und gingen den Weg von vorher. Schon nach einigen Metern wurde es Glen lästig. „Wir legen sie mal auf diesem Stamm ab", wandte er sich an seinen Gefährten. Mit dem Jagdmesser schlitzte er eine der Blütenfallen auf. Hastig schlüpfte die Biene heraus, erhob sich in die Lüfte und summte davon.

14

„Das ist der lebhafteste Kompaß, den ich je gesehen habe", kicherte Pear, als die beiden Jungen in der Richtung weitergingen, die ihnen die Biene anzeigte.

Glen hielt den Kurs, indem er einen Felsen ansteuerte, der in ihrer Fluglinie lag. Als sie dort ankamen, wurde eine andere Biene freigelassen. Dieses Verfahren wiederholten sie ein paarmal, bis eine Biene in der großen Spalte einer Pappel verschwand.

„Hier ist es!" rief Glen aus. „Jetzt haben wir sie."

„Wer hat wen?" fragte Pear und sah auf ihre nackten Oberkörper, denn die beiden Hemden hingen ja mit dem Eichelmehl im Fluß. „Ich glaube, wenn wir noch näher 'rangehen, veranstalten die Bienen ein Picknick auf unserer Haut."

„Ach, daran habe ich gar nicht gedacht", meinte Glen. „Ich habe mal einem Nachbarn am Bienenhaus zugeschaut, aber der hatte einen Kopfschutz und Handschuhe an. Außerdem hat er Lumpen angezündet."

„Warum reiben wir die Haut nicht wieder mit Roßkastanienblättern ein wie gegen die Moskitos?" schlug Pear vor. „Und dann könnten wir unter der Spalte ein Feuer machen und sie ausräuchern."

Während Glen einen Armvoll Blätter brachte, ging Pear zum Lager und holte ein Stück brennenden Holzes. Als nächstes benötigten sie einen Behälter für den Honig, und Pear löste dieses Problem, indem er auf eine Baumgruppe in der Nähe wies.

„Wir können viereckige Rindenstücke zu Bechern falten." Dies war schnell getan, denn die rote Birke der südlicheren Flußlandschaft gleicht der weißen Birke im Norden, aus der die Indianer Kanus bauen. Die Rinde ließ sich leicht vom Baumstamm lösen.

Glen schälte die Vierecke übereinander ab, so daß der Baum nicht umgürtet wurde. An Apfelbäumen hatte er schon den von Kaninchen angerichteten Schaden gesehen. Die Vierecke wurden nun in Becher gefaltet und die Enden mit Stäbchen festgesteckt.

Inzwischen hatte Pear die dürren Blätter zusammengekratzt und ein Feuer in dem hohlen Stamm entzündet. Nachdem sie dann grüne Blätter daraufgelegt hatten, sahen die Jungen den weißen Rauch durch diesen natürlichen Kamin aufsteigen und in Spiralen draußen sich auflösen. Sie rieben sich die Haut gründlich mit Kastanienblättern ein. Scharen von Bienen kamen aus ihrem eingeräucherten Stock geflogen. Einige wollten offensichtlich die Jungen angreifen, wurden aber sofort von dem Insektenschutzmittel abgestoßen.

„Ich hoffe, daß du das Klettern übernimmst", meinte Pear und schaute an dem gewaltigen Baum empor. Dieser hatte mindestens einen Meter Durchmesser, und unterhalb des Bienenstockes war auch nicht der kleinste Ast zu sehen.

„Da würde ich zehn Meter lange Beine brauchen", murrte Glen. „Aber vielleicht kann ich auf diesen kleinen Baum steigen und mich dann hinüberschwingen." Sie knüpften Hickoryrindestreifen als Senklot zusammen, und dann kletterte Glen auf das ein paar Meter entfernte Bäumchen. Er stieg etwas höher, als der Nesteingang lag, und bemühte sich dann, sein Gewicht zu verlagern, damit sich das ganze Bäumchen mit ihm neigte. Es war nicht leicht, doch schließlich konnte er sich mit dem einen Fuß gegen den Baum stemmen und eine günstige Ausgangsstellung für seine Arbeit beziehen.

„He, da sind ja noch immer Bienen!" brüllte er. Wie um diese Bemerkung zu unterstreichen, stach ihn eine in den rechten Fußknöchel an einer Stelle, wo er nicht eingerieben war. Aufheulend ließ sich Glen wieder auf den Boden gleiten.

„Wie wäre es mit einer Fackel?" schlug Pear vor.

„Mir egal", brummte Glen. Er fühlte seinen Fuß, der rasch anschwoll, und rieb ihn nachträglich mit den Kastanienblättern ein.

Pear brach einen Ast von einer abgestorbenen Tanne ab und hängte das eine Ende ins Feuer. Als es brannte, nahm Glen diese Fackel in die Hand und kletterte erneut hinauf. Diesmal klappte es, denn die Bienen blieben in respektvoller Entfernung.

Die Baumspalte erwies sich jedoch viel kleiner als von unten vermutet. „Ich komme da mit der Hand nicht 'rein", rief Glen, nachdem er das Senklot hinuntergelassen hatte. „Schick mir einen Stock mit Becher herauf."

Glen mußte darüber nachdenken, ob sich dieser ganze Aufwand überhaupt lohne, als er den Stock in das Bienennest stieß und nur ein paar Tropfen Honig erntete. Er scharrte diesen in einen Rindenbecher und versuchte es noch einmal. Diesmal war die Ausbeute viel größer. Sie konnten insgesamt sechs Becher damit füllen. Es dämmerte bereits, als Glen wieder am Baum herabrutschte.

„Du bist wirklich sehenswert", grinste Pear. „Wo du nicht mit Ruß bedeckt bist, sind es Blätter und Rinde. Wegen der Bienen brauchst du dir jedenfalls keine Sorgen mehr zu machen, die werden sich zu Tode erschrecken, wenn sie dich sehen."

Glen war zu müde für eine schlagfertige Antwort. „Mach das Feuer aus, dann gehen wir!"

Pear tat es. „Jetzt aber los, ehe die Bienen ihren Honig zurückfordern."

Sie gingen zum Lager, stellten ihre Honigbehälter auf einen Stein beim Lagerfeuer und wateten dann in den Fluß, um sich schwimmend vom Schmutz zu befreien.

„Willst du es mit ein paar Pilzen versuchen?" fragte Glen vorsichtig.

„Ich weiß nicht so recht", antwortete Pear. „Wir könnten Schwierigkeiten bekommen."

„Die Schwierigkeit mit dir besteht darin, daß du ängstlich bist", meinte Glen mit unterdrücktem Zorn.

„Kann sein. Ängstliche leben länger."

Schweigend wuschen sie sich und überzeugten sich dann davon, daß ihre Hemden noch an Ort und Stelle hingen. Anscheinend waren sie richtig befestigt, denn das Wasser floß langsam durch ihren Mehlvorrat. Pear sprach auch nichts, als er Glen beim Pilzsuchen half. Dann gingen sie wieder zum Lager zurück.

Diesmal war Pear an der Spitze, und als sie sich dem Unterstand näherten, rannte er plötzlich los und brüllte: „Geht bloß weg! Verschwindet!"

Glen konnte noch die Waschbärenfamilie sehen, die sich seitwärts in die Büsche schlug. „Unser Honig!" Die Tiere hatten sich in der kurzen Zeit ihrer Abwesenheit an den Vorräten gütlich getan. Zwei der Behälter waren umgestürzt, der Inhalt am Boden verschmutzt. Wären sie nur ein paar Augenblicke später gekommen, so hätten die Bären sicher auch den restlichen Honig umgestürzt.

„Diese dämliche Bärenfamilie hat es wohl auf uns abgesehen. Wahrscheinlich hat sie uns auch die Fische geklaut."

„Das bezweifle ich nicht", meinte Glen.

„Wir sollten ihnen einen Stein auf den Schädel knallen!" schnaubte Pear und warf den verdorbenen Honig ins Feuer. „Was essen wir eigentlich zu Abend?"

„Wie wäre es mit Erdnußbutter und Geleebrot — ohne Erdnußbutter?" schlug Glen vor. „Bis morgen abend dürften wir allerdings welche haben, wenn man sich dieses Eichelmehl so ansieht."

„Du lieferst das Brot, ich die Marmelade. Sie schmeckt nach Honig", rief Pear.

„All right", grinste Glen. „Ich glaube, diese Pilze sind ein guter Brotersatz. Wir schneiden sie in Scheiben und drehen sie am Feuer. Dann haben wir Toast — oder wenigstens etwas, das so ähnlich aussieht."

Einige der Pilzscheiben waren groß genug, um runde Cracker abzugeben, doch die meisten waren noch kleiner, und sie zu toasten, war eine mühselige Arbeit. Nach einer kurzen Weile probierte Glen ein Stückchen.

„Das ist gar nicht schlecht", meinte er. „Mit Honig darauf vergeht sicher auch der Pilzgeschmack, und es schmeckt so gut wie Brot."

Bald schmierten sich beide Jungen Sandwiches aus getoasteten Pilzen mit Honig. Plötzlich bemerkte Glen schwarze Flecken im Honig.

„Wir sind anscheinend nicht die einzigen, die Honig mögen", rief er und streckte angewidert sein letztes Brot von sich. „Ameisen!"

„Nein, das darf doch nicht wahr sein", grollte Pear und zeigte auf eine schwarze Linie, die sich über den Stein zu ihrem Honigbehälter hinzog. „Waschbären können wir verjagen, aber diese Biester hier werden wir nie los." Er ging zur Wasserleitung und ließ sich lange berieseln. Als er fertig war, starrte er noch immer auf das Holunderrohr.

„Es gibt eine Möglichkeit, Ameisen vom Honig fernzuhalten — und Waschbären auch. Schau mal hier." Er zeigte auf den ausgehöhlten Holunderstengel. „Wir können so etwas in Stücke schneiden, mit Honig füllen und an jedem Ende einen hölzernen Stöpsel anbringen. Dann sind sie ameisensicher."

„Und wie machen wir es mit den Waschbären?"

„Wir vergraben alles in einem Steinhaufen, so daß die Waschbären nicht 'rankommen."

Glen half ihm dabei, den letzten Abschnitt ihrer Leitung abzunehmen und in einzelne Stücke zu zerteilen. Es war leicht, aus dünneren Ästen Stöpsel herzustellen. Die Behälter wurden mit dem restlichen Honig gefüllt. Pear legte sie auf einen großen flachen Stein im Abfluß des Wassers, so daß die Ameisen abgehalten wurden. Dann umgab er alles mit großen Steinen, die das Gewicht noch größerer Felsbrocken aushielten.

„Der Waschbär, der diese Dinger beseitigen kann, soll den Honig ruhig bekommen", erklärte Pear feierlich.

„Wenn er so groß ist", fügte Glen hinzu, „kann er den ganzen Cañon haben."

Ohne Hemden erschien die Nachtluft ungewöhnlich kühl. Glen hatte die Grasmatten in die Nähe des Feuers gezogen. Die Flammen brannten hell, doch sie schienen nicht die Kraft zu haben, um nackte Schultern zu wärmen. Obwohl sie weder ihre Hosen noch die Schuhe ausgezogen hatten, schliefen die beiden frierend ein.

Ein scharfer Schmerz im Magen weckte Glen schon nach kurzer Zeit. Pear sprach im Schlaf, und als Glen richtig wach war, spürte er eine entsetzliche Übelkeit in sich hochkommen. Sofort richtete er sich auf und steckte den Finger in den Hals, um all das zu erbrechen, was er zuvor gegessen hatte. Pear wälzte sich, bis sein Kopf an einen Stein schlug. Da wachte auch er auf. Er wollte aufstehen, doch sofort mußte er sich übergeben.

Ein schrecklicher Gedanke nahm plötzlich in Glens Kopf Gestalt an, sosehr er sich auch dagegen wehrte.

Sie waren vergiftet!

15

Als Glen mit dem Gesicht auf dem sauer schmeckenden Sand neben seinem Bett lag, hatte er nur noch den einen Wunsch, zum Wasser zu gehen, das in wenigen Metern Entfernung aus der Leitung rann. Doch seine Glieder gehorchten nicht seinem Willen. Außer seinem Magen schien nichts mehr zu einer Bewegung fähig.

Schließlich kroch er auf allen vieren zum Wasser und tauchte sein Gesicht hinein. Die Kälte entfaltete wieder etwas Energie in ihm, und er fühlte sich schon viel besser.

Pear schien dieselben Schwierigkeiten zu haben. Glen füllte sich die Hände mit Wasser und goß sie ihm über das Gesicht. Dies schien ihn zu beleben. „Fühlst du dich jetzt besser?" keuchte Glen und merkte, daß diese geringe Anstrengung ihn so belastete, als wenn er einen Berg erklommen hätte. Sein Herz schlug laut.

„Ja, ich glaube", murmelte Pear.

Glen konnte die Gedanken seines Freundes erraten, noch ehe die bläulichen Lippen das Wort „Pilze!" ausgesprochen hatten.

In einem der Honigbehälter brachte Glen noch mehr Wasser, damit Pear auch trinken konnte. Doch dieser spuckte alles wieder aus und stöhnte auf. Zutiefst erschreckt versuchte Glen, seinen Gefährten zu beruhigen, aber dieser wehrte sich, schon halb bewußtlos, dagegen. „Pear", sprach Glen eindringlich zu ihm, „ich gehe um Hilfe zum Opossum-Mann, wenn ich ihn finde. Verstehst du mich?"

Pear brauchte lange, bis sein Mund ein Ja herausbrachte. Dann sank er zurück und schloß die Augen. Glen fühlte seinen Puls. Das Herz schlug noch, allerdings sehr unregelmäßig.

Als Glen den Hang in Richtung Strom hinunterstolperte,

merkte er schon bald, daß seine Kräfte erheblich nachließen. Oft verlor er das Gleichgewicht und taumelte zwischen Bäumen und Felsen dahin. Die Nacht war außerordentlich dunkel. Am Himmel standen Wolken, und ein leichter Nieselregen setzte ein, der die großen Blätter der Bäume mit kleinen Pünktchen überzog. Glen wurde sich bewußt, daß seine Sinne nicht normal funktionierten. Hin- und hergeworfen zwischen äußerster Schärfe und vollständiger Benommenheit, hörte er das Regenrauschen laut anschwellen und dann wieder verstummen. Aus irgendeinem Grund sah er die Bäume trotz des bedeckten Himmels beinahe plastisch vor sich. Ihm fielen dabei Pears Augen ein, deren Pupillen ihm übergroß erschienen waren –– wie bei einer Katze im Dunkeln.

Er watete jetzt durch seichte Stromschnellen und steuerte die schwarze Bucht dahinter an, einen dichtbewaldeten Hohlweg, der tief in das östliche Ufer einschnitt. Felsen bildeten dort natürliche Stufen, so daß Mensch und Tier ohne Schwierigkeiten den Hang erklimmen konnten.

Jenseits des Flusses wurde eine Schlange von ihrem Ruheplatz aufgescheucht und verschwand schwimmend im Wasser. Die Büsche waren naß und voller Moskitos, die Schutz vor dem Regen gesucht hatten und sich nun auf ihn stürzten. Die Felsen auf dieser Seite waren schlüpfrig, und Glen stürzte alle paar Meter. Bei jedem Fall schlug er sich Knie und Ellbogen auf, aber irgendwie schien er es gar nicht zu bemerken. Er war einfach zu benommen, um sich darum zu kümmern.

Nur der eine Gedanke hielt ihn aufrecht und trieb ihn voran: Hilfe für Pear zu holen. Sein eigener Körper wollte sich nicht beeilen, doch im Unterbewußtsein wurde er zur Eile angetrieben. Glen hatte keine Ahnung, wie lange er zu den paar hundert Metern Weges gebraucht hatte. Seine Hände bluteten und waren wie taub. Es kam ihm so vor, als ob der Himmel im Osten schon eine Spur heller würde. Überall wucherten Kakteen, aber er achtete nicht darauf, bis sich die winzigen Stacheln durch seine Hosenbeine gearbeitet hatten und seine Haut reizten. Von irgendwo bellte ein Hund; da vergaß er die Kaktusstacheln. Schon ein paar Sekunden später kam der Hund bellend auf ihn zugerannt. Glen stolperte weiter und dachte nicht einmal daran, einen Stock zur Verteidigung zu ergreifen.

Ein Licht erschien durch die Bäume, und Glen sprach laut vor sich hin, um sich selbst Mut zu machen. „Das ist es. Der Opossum-Mann steht gerade auf."

Der Hund zeigte ihm den Weg und wedelte jetzt mit dem Schwanz, als ob er glücklich wäre, ein menschliches Lebewesen gefunden zu haben. Einen Augenblick später standen sie auf der Lichtung vor der Hütte. „Ist jemand zu Hause?" rief Glen mit erstickter Stimme.

Die Tür flog auf, und der Opossum-Mann stand im Schein einer Petroleumlampe unter der Tür. „Seid ihr es, Jungs?" rief er.

„Hier ist Glen Marshfield." Er mußte nach Luft schnappen. „Bin ich froh, daß Sie da sind!"

„Komm herein! Was ist los?" Der Mann nahm eine Kürbisschale von der Wand und füllte sie mit Wasser aus einem Holzeimer.

Glen schluckte es gierig und erzählte dann von ihrem Mißgeschick.

„Die Pilze sind schuld! Ich dachte, ich hätte schon einmal solche gegessen, aber anscheinend doch nicht." Seine letzte Energie ließ jetzt nach. „Müssen wir bald sterben?"

„Nein", sagte der Opossum-Mann ruhig. „Wie sahen die Pilze denn aus?"

Glen gab eine schnelle Beschreibung ab.

„Was habt ihr Jungs denn sonst noch gegessen?"

„Nur Honig, aber vorher hatten wir schon Schildkrötenbraten und Schildkröteneier. Und noch vorher ein paar Muscheln."

Der Mann lächelte. „Woher hattet ihr nur den Honig?"

„Wir haben gestern nachmittag einen Bienenstock ausfindig gemacht."

Das Lächeln des Mannes wurde noch breiter.

Glen fühlte Ärger in sich aufsteigen, denn dies war wirklich nicht der Moment zur Heiterkeit. Pear war vielleicht schon halbtot. „Was ist daran so spaßig?" fragte er gereizt.

„Ich sollte natürlich nicht lachen", sagte der alte Mann freundlich. Er beugte sich, um den Kopf des Hundes zu streicheln, der sich an ihn drängte. „Ich habe das gleiche durchgemacht, als ich noch ein kleiner Junge war. Ihr solltet so früh im Jahr noch keinen Honig essen."

„Was hat das damit zu tun, daß wir beide vergiftet sind?" fragte Glen wütend. „Pear sah aus, als ob er nicht mehr lange leben würde, als ich von ihm wegging."

„Nimm's nicht so schwer, Junge", beschwichtigte ihn der Opossum-Mann. „Ihr seid zwar vergiftet, aber nicht von den Pilzen. Diese Sorte esse ich schon mein Leben lang; dort hängen welche zum Trocknen für den Winter. Manche Menschen sagen Morcheln dazu, meine Leute haben sie Schwämmchen genannt." Er schwieg und ging zu dem kleinen Ofen, um Wasser für Kaffee aufzusetzen. „Sobald ich mich etwas angeheizt habe, gehen wir hinunter und schauen nach deinem Partner." Er setzte sich auf die Kiste und begann, seine Feldstiefel zuzuschnüren. „Die Bienen haben euch Jungs mit Lorbeerhonig vergiftet. Imker werfen den Honig um diese Jahreszeit weg, bis der Lorbeer verblüht ist."

Glen fühlte, wie er vor Scham rot anlief. So etwas sollte einem Jungen nicht passieren, der auf dem Lande aufgewachsen ist. Er erinnerte sich daran, wie er einem Onkel sogar dabei geholfen hatte, den Honig des Frühsommers wegzuwerfen, und wie ihm dieser erklärt hatte, warum das geschah.

Anscheinend fiel dem Opossum-Mann Glens rotes Gesicht auf, denn er bemerkte: „Da brauchst du dich nicht zu schämen. Manche Erfahrungen muß man eben am eigenen Leib machen." Er griff nach dem Kaffeetopf. „Willst du nicht auch einen guten Geschmack in den Mund bekommen, Junge?"

„No, Sir", murmelte Glen schwach. Sein Blick ruhte auf den Einmachgläsern im Schrank, und er war froh, daß der Mann ihm nichts mehr anbot, denn die Versuchung wäre zu groß gewesen. Und damit hätte er sich gegen den Plan vergangen, nur von dem zu leben, was die Natur ihnen gerade bot.

Solange er auf den alten Mann wartete, schaute er sich in der Hütte um und bewunderte die rohgezimmerten Wand- und Fußbodenbretter. Auch die Möbel hatte der Opossum-Mann wohl selbst hergestellt, oder sein Vater hatte es für ihn getan, denn der wuchtige Tisch und die Bank dahinter sahen schon sehr alt aus. Alles war roh, nirgends sah man Farbe, nur die blanke Tischplatte schien mit Sand gescheuert und deshalb einen Ton heller als die anderen Möbelstücke zu sein.

„Deinem Freund geht es sicher schon wieder besser", sagte der Mann, als er den Kaffee schlürfte. „Soviel ich weiß, ist noch niemand an Lorbeerhonig gestorben, aber manche Leute sind schon schwerkrank davon geworden. Und mancher Farmer hat ein Kalb verloren, weil es frische Lorbeerblätter gefressen hatte. Ich sah selbst mal so ein Tier mit schäumendem Maul und heraushängenden Augen. Steif wie ein Brett. Gelähmt!" Er griff zur Laterne. „Es war gut, daß ihr Jungs das bißchen Gift wieder erbrochen habt, das in euren Mägen war. Das ist das beste Heilmittel."

Als sie am Lagerplatz ankamen, war es schon heller Tag. Pear saß am Feuer, das er selbst brennend gehalten hatte. Er mühte sogar ein Lächeln auf seine Lippen, als die Retter sich näherten.

Der Opossum-Mann erklärte ihm die Gründe für die plötzliche Erkrankung. Sämtliche Symptome — unregelmäßiger Herzschlag, erweiterte Pupillen, Übelkeit — waren verschwunden.

„Ich nehme an, daß ihr Jungs ein kleines Frühstück in meiner Hütte verschmähen würdet", bedauerte der Mann.

„Nach allem, was wir durchgemacht haben, ist das Frühstück unser geringster Kummer", seufzte Glen. „Drunten im Fluß hängt Eichelmehl, das jetzt wohl genügend durchgewaschen ist. Vielleicht haben wir auch mit den ausgelegten Fallen inzwischen Glück gehabt."

Der Mann kicherte. „So eine ähnliche Antwort habe ich erwartet. Die Art gefällt mir, wie ihr Jungs euch selber helft. Aber diese Kratzer hier könnten ein wenig Pflege vertragen." Er zeigte auf Glens hemdlosen Oberkörper, der vom Marsch durch den Wald gezeichnet war.

Bisher hatte Glen nicht darauf geachtet, doch jetzt merkte er, wie es an verschiedenen Stellen stach. Er schaute den alten Mann fragend an.

Doch dieser sagte nur: „Oh, ich will mich da nicht einmischen. Hier im Wald gibt es genügend Arztmaterial." Damit verschwand er.

Pear erhob sich und ging mit steifen Schritten auf den hausgemachten Kühlschrank zu, in dem die Honigbehälter lagerten.

„Sag bloß nicht, du wollest noch mehr davon!" rief ihm Glen nach.

„Bestimmt nicht!" antwortete Pear. Er lächelte schon

wieder. „Ich möchte gerne diese Waschbärenfamilie zum Frühstück einladen. Ich hoffe, sie verträgt ihn so gut wie wir."

Er rückte die Steine zur Seite und beseitigte auch die hölzernen Stöpsel, so daß der Honig frei über einen trockenen Felsblock fließen konnte. In guter Sicht für alle Waschbären, die vielleicht des Weges kämen.

16

Der Morgen kam schnell, und während sie noch auf die Rückkehr des Opossum-Mannes warteten, schlug Pear vor: „Komm, wir schauen, ob wir etwas in den Fallen haben."

Glen merkte, daß er so steif wie Pear marschierte, als sie den schmalen Wildpfad hinaufstiegen, der sich am Rande des Riffs hinzog. Die Anforderungen der Nacht hatten nicht nur die Magen-, sondern auch die Beinmuskeln beansprucht. Die beiden fanden viele neue Spuren im trockenen Staub des Unterstandes, wo kleinere Tiere Schutz vor dem Regen gesucht hatten. Die erste Falle war zerbrochen — vielleicht von einem kräftigen Waschbären. Die zweite Falle jedoch enthielt eine Kostbarkeit: ein Kaninchen.

„Junge!" rief Pear nur, als sie die Beute herausnahmen und die Falle neu auslegten. „Den Braten essen wir heute früh. Es gibt nur etwas, was besser schmeckt als ein Truthahnschlegel, nämlich der Hinterfuß eines Hasen." Mit einem boshaften Funkeln in den Augen blickte er auf. „Sag mal, warum halbieren wir ihn nicht einfach? Du nimmst die vordere Hälfte und ich die hintere. Das wäre doch die ehrlichste Art zu teilen, was?"

Beinahe wäre es ihm gelungen, Glen zu überrumpeln, denn dieser konzentrierte sich auf das Neuauslegen der Fallen. Er wollte schon zustimmen, als er über diesen Handel stutzte. „Du meinst", sagte er ernst, „daß ich den Kopf ganz allein für mich haben kann? Das ist wirklich nett von dir." Er lächelte. „Aber ich glaube doch, ich sollte eines der Ohren gegen den Schwanz eintauschen, da beides solche Delikatessen sind."

Pear streckte ihm die Zunge heraus und meinte dann: „Ich habe nur versucht, rücksichtsvoll zu sein."

„Gegen dich oder gegen mich?"

„Mich", lachte Pear.

Der Opossum-Mann war schon im Lager, als sie dort ankamen, und hatte einen Haufen Moos auf einem Stein neben sich abgelegt. „Hallo", rief er, „vielleicht bleibe ich zum Frühstück. Das ist ein schöner, zarter Hase."

„Und was ist das?" fragte Glen und zeigte auf das Moos.

„Verbandsmaterial", antwortete der alte Mann. „Nicht viele Leute verwenden es allerdings auf diese Art, denn sie gehen lieber in einen Laden und werfen gutes Geld für wertloses Zeug hinaus."

Pear trug den Hasen zur Wasserleitung und begann ihn zu häuten, während der Opossum-Mann sich um Glens Verletzungen kümmerte. Er drückte das Wasser aus kleinen Moosbüscheln, ehe er sie fest auf die Hautabschürfungen preßte. Das Moos fühlte sich weich und kühl an. „Das ist Torfmoos", erklärte er. „Die Cherokees zeigten meinem Großvater, wie es verwendet wird."

Als Antwort auf Glens zweifelnden Blick fuhr er fort: „Es ist ziemlich viel Säure darin, und die tötet alle Keime. Eines Tages hat mich ein Jäger aus der Stadt ausgelacht, doch dann zeigte ich ihm, was unter einem tiefen Moosbett liegt."

„Und was ist darunter?" fragte Glen.

„Wie ich schon sagte, die Säure hält die Bakterien ab, und Mensch und Tier werden dabei konserviert. Wir haben schon Moosschichten in einem Sumpf entfernt und darunter Insekten und Frösche und sogar eine Eidechse gefunden, die dort seit langen Jahren lagen."

„Tot?"

„Natürlich. Nur noch Mumien. Nach einiger Zeit hat mir dieser Mann einen Zeitungsausschnitt gesandt, in dem stand, daß sie irgendwo in Europa einen Mann aus einem

Torfmoor ausgegraben haben, der konserviert war wie ein geräucherter Fisch. Die Zeitungsleute meinten, er sei schon einige hundert Jahre tot."

Als der Opossum-Mann sorgfältig die Wunden vom Schmutz gesäubert hatte, fuhr er fort: „Manchmal könnt ihr einen Vogel oder sonst ein Tier beobachten, das sich mit einer Verletzung in ein Moosbett legt. Auch für einen Menschen ist das ein gutes Lager an heißen Tagen."

Pear hatte inzwischen den Hasen zum Braten vorbereitet. Glen bedankte sich beim Opossum-Mann und bot ihm einen Schlegel an.

„Nein, danke", erwiderte der, „ihr Jungs eßt das schön allein. Habt viel gearbeitet." Er ging und rief zurück: „Laßt es mich wissen, wenn ihr wieder in Schwierigkeiten seid."

Pear zerlegte den Hasen und spießte die einzelnen Stücke auf kleine Stecken. „Was machen wir eigentlich mit dem Eichelmehl und unserer Schildkrötenschale?"

„Frag mich wieder in fünf Minuten", rief Glen und war schon auf dem Weg zum Fluß.

Die Krebse und Elritzen hatten ganze Arbeit geleistet; die Schale war blitzblank und konnte jetzt zum Waschen oder Kochen verwendet werden. Die Hemden befanden sich noch an Ort und Stelle; das Eichelmehl darin war braun gefärbt vom Sauerstoff des Wassers. Glen probierte davon und war überrascht, wie süß und schmackhaft das Mehl war, ohne jeden bitteren Beigeschmack.

Später nahmen sie ein feudales Frühstück ein und verbesserten ihre Kücheneinrichtungen. Die Schildkrötenschale wurde zur Hälfte mit Wasser gefüllt und auf die nur noch schwach glimmenden Kohlen gestellt.

Solange das Wasser erwärmte, streute Glen Eichelmehl auf abgeschrägte Steine beim Feuer, wo es rösten sollte, bis es dann nach fünfzehn Minuten dem Wasser zugesetzt werden konnte. Anschließend wurden noch Stücke des fertigen Hasen zugegeben, und solange dieses Gulasch dämpfte, zauberten die Jungen Löffel aus Muschelschalen und Stöcken.

Inzwischen waren auch ihre Hemden, die sie ans Feuer gehängt hatten, trocken. „Bin ich froh, diese Fetzen wiederzuhaben", sagte Glen nur.

Ein anderes Gefühl war genauso tröstlich — das, einen verständigen Kameraden zu besitzen. Glen konnte sich gut vorstellen, was in Pear vorging. Er hatte gemerkt, wie weit es mit den Kenntnissen eines Jungen her war, der doch auf dem Lande aufgewachsen war. Die Sache mit dem Honig hätte wirklich nicht passieren dürfen, doch Pear hatte sie einfach vergessen und kein boshaftes Wort darüber verloren.

Als sie am Feuer aufräumten, meinte Pear: „Ich glaube, es ist Zeit, daß wir einmal Bestandsaufnahme in unserer Behausung machen."

„Bestandsaufnahme — von was?" fragte Glen erstaunt. „Ich glaube, unsere Vorräte können wir in genau zwei Minuten abzählen."

„Das meine ich nicht", antwortete Pear. „Bis jetzt haben wir hier draußen noch nicht viel geleistet, außer deiner Wasserleitung. Im übrigen", knurrte er, „habe ich jetzt Zahnweh, seit diese blöden Hals- und Magenschmerzen vorbei sind."

„Für Zahnschmerzen hast du dir wirklich eine feine Zeit ausgesucht", bemerkte Glen. „Ich glaube nicht, daß der Opossum-Mann ein guter Dentist ist."

„Besonders schlimm sind sie nicht, nur lästig", gab Pear zu. „Ich habe so genug davon, bei Nacht zu frieren, daß ich mich wohl eine Woche lang unter zwei Wolldecken verkriechen werde, wenn wir erst wieder zu Hause sind. Und wenn ich etwas gegen Zahnweh bekommen habe!"

„Wir haben auch noch nicht mit dieser Töpferei begonnen, von der wir gesprochen haben", lenkte Glen ihn ab. „Ich glaube, wir könnten unsere Kochkünste mit ein paar Bratpfannen noch verbessern. Und dann einen Ofen für das Eichelmehl!"
Pear war schon auf den Füßen, ehe sein Freund noch ausgesprochen hatte, begierig nach einer Tätigkeit, die ihn seine Schmerzen vergessen ließ. Er rannte den Hang zum Signalstein hinab, denn es war schon spät am Morgen. Glen folgte ihm auf den Fersen.
„Sind deine Magenmuskeln auch so sauer wie meine?" fragte er und griff nach einem Stein.
„Nein", antwortete Pear, „meine sind saurer."
„Was meinst du, wo wir Lehm finden werden? Hier ist doch die Erde voller Sand und Blätter."
„Wir könnten den Opossum-Mann fragen", schlug Pear vor. „Er weiß sicher, ob es hier irgendwo Lehm gibt — und außerdem ein Mittel, damit Zahnschmerzen aufhören."
Pears Wange war bereits geschwollen, und Glen machte sich Sorgen. Der Aufstieg zur Hütte schien jetzt direkt ein Vergnügen im Vergleich zur vergangenen Nacht. Glen wunderte sich, wie er ihn überhaupt geschafft hatte, ohne ein Bein zu brechen. Die beiden kamen gerade noch rechtzeitig an, denn der Opossum-Mann hielt eine Angel in der Hand und wollte weggehen.
„Morgen, Jungs!" rief er heiter. „Ihr seht heute früh ziemlich lebendig aus."
„Uns geht es gut", antwortete Glen. „Aber wir wollten Sie etwas fragen."
„Und was wäre das?"
„Wir brauchen Lehm, um Töpfe zu machen. Wissen Sie, wo es welchen gibt?"
„Da drüben im Osten gibt es einen Lehmhügel am Fuße

des Berges. Ihr geht den Weg an den Tannen entlang und stoßt direkt darauf."

Der Alte wollte gehen, doch Pear rief ihm nach: „Noch etwas. Ich habe Zahnweh. Was kann man dagegen tun, wenn kein Dentist in der Nähe ist?"

Der Mann schaute sich Pears geschwollene Wange aufmerksam an und kicherte dann.

17

„Hier gibt es mehr Medizin gegen Zahnschmerzen, als ihr je braucht", sagte er schließlich, „besonders, seit die Menschen darangehen, den Wald auszurotten. Seht ihr den stacheligen Busch dort? Das ist ein Angelikabaum."

Glen bemerkte, daß der Stamm des Baumes mit dreieckigen Stacheln zum Schutz gegen Mensch und Tier bedeckt war.

„Vermutlich wäre er nicht sehr dick geworden, als die Indianer noch hier lebten, aber seit Waldbrände und Holzfäller die Wälder gelichtet haben, ist mehr Platz für Unterholz. Die Indianer haben diese Rinde gegen Zahnweh verwendet. Ihr reißt einfach einen kleinen Splitter ab, rollt ihr zu einem Pfropfen und klemmt diesen neben den kranken Zahn."

Die beiden Jungen bedankten sich und befolgten seine Anweisungen, als er mit der Anglerausrüstung verschwunden war.

Schon nach ein paar Minuten rief Pear: „Das wirkt vielleicht! Ich fühle mich, als ob ich Medizin im Mund verspritzt hätte!"

Als sie am Osthang des Lookout Mountain in Richtung Lehmhügel loszogen, kamen sie an vielen Angelikabäumen vorbei, auf die sie vorher nie geachtet hatten.

Sie fanden auch die Tonerde, die sich vom darüberliegenden porösen Gestein allmählich abgesetzt hatte. Diese Erde war von Eisenerzen tiefrot gefärbt. Die Jungen flochten wieder Körbe aus Hickoryrinde, ähnlich denen, die sie einige Tage zuvor für die Pflaumen angefertigt hatten. Es war kein Problem, den Lehm mit Stöcken auszuschöpfen, und Glen merkte sofort, daß man daraus leicht Töpfe herstellen konnte, da er frei von Steinen und anderen Rückständen schien.

Auf dem Rückmarsch kamen sie nur langsam voran. Der Tag war heiß und feucht, und beide Jungen mußten sich anstrengen und oft stehenbleiben, um sich den Schweiß vom Gesicht zu wischen. Sie wollten auch keine Energie unnötig mit Sprechen vergeuden, und so kamen sie einigen Tieren ganz nahe, ehe diese aufgeschreckt wurden. Etliche Hasen hatten sie überrascht, ehe sie oben am Lookout Montain angelangt waren. Da noch immer eine Meile vor ihnen lag, machten sie kurz Rast bei den Pflaumenbüschen.

Als sie schmatzend im Schatten saßen, brach Pear das Schweigen: "Ich habe ziemlich über diese kalten Nächte nachgegrübelt und denke, wir sollten etwas dagegen unternehmen."

"Die ganze Nacht am Feuer sitzen, wie?" grinste Glen.

"Nun", meinte Pear, "ich habe an unsere Wasserleitung gedacht und daran, wie nett es wäre, mitten in der Nacht ein paar heiße Steine im Bett zu haben — und dann ist mir etwas eingefallen, was wir letztes Jahr in Geschichte hatten."

Glen schaute ihn überrascht an. "Wenn ich mich richtig erinnere, hast du mir mal erzählt, daß du gleich nach Mathematik am wenigsten Geschichte leiden kannst."

Pear mußte selber lachen. "Ich weiß, ich weiß. Ich kann es auch jetzt noch nicht leiden, aber wir haben doch gelesen, wie die Römer sich in der Nacht warmhielten."

"Sie schliefen mit ihren Hunden und Katzen", spottete Glen.

"Buh!" grunzte Pear. "Sie installierten ein Heizsystem unter dem Fußboden, wie es die Koreaner noch jetzt verwenden."

"Du meinst wohl, sie zweigten die Hitze vom Monte Vesuvius ab?"

"Das hätte zu gut funktioniert", lachte Pear. "Nein, ich

meine die Art, wie sie einen Zwischenraum unter dem Boden frei ließen, so daß die Hitze unter ihren Füßen zirkulieren konnte."

Glen schürzte die Lippen, als er näher darüber nachdachte. „Ich glaube, da ist dir etwas Gutes eingefallen."

„Wir könnten eine Art Tunnel ausgraben, einige flache Steine darüberlegen und die Spalten mit Schlamm füllen. Dann könnten wir ein Feuer am unteren Ende anzünden, ehe wir uns schlafen legen, und genügend Eichenholz aufschichten, damit es Kohlen gibt. Wenn die Steine erst einmal erwärmt sind, müßten sie eigentlich die ganze Nacht heiß bleiben."

Glen war begeistert. „Jetzt machen wir zuerst ein paar Töpfe, und dann los an die Arbeit!" Als sie aufstanden, fuhr er fort: „Endlich können wir denen zeigen, daß wir in der Lage sind, in der Natur zu leben und selbst Verbesserungen zu schaffen."

Mit erneuter Tatkraft kletterten sie den östlichen Hang am Cañon hinab, um ihr Projekt auszuführen. Bald schon saßen sie im Lager bei ihrer Wasserleitung und fertigten Töpfe nach Art der Indianer an.

Als sie acht Exemplare geformt hatten, stellte Glen sie zum Trocknen in die Sonne, aber während er den letzten hinzufügte, sah er mißbilligend auf den ersten. Die dicke Schicht war schon gesprungen, da sie außen im Verhältnis zu innen viel zu schnell getrocknet war.

„Wir sollten die Töpfe lieber in den Schatten stellen und mit Blättern abdecken", meinte er, und so geschah es denn auch.

Gegen Mittag begannen sie mit der Arbeit an ihrem neuen Heizsystem. Scharfe Stöcke dienten als Werkzeug, um den Tunnel zu graben; die lose Erde beseitigten sie mit Hilfe von flachen Steinen. Größere Steine wurden dann über den Tunnel gelegt. Nachdem sie den ganzen

Lehm für die Töpfe verwendet hatten, nahmen sie von dem schwarzen Humus, der unter dem Laub lag, als Mörtel, um die Spalten abzudichten.

„Wie wäre es mit einem Abzug?" fragte Glen. „Die Stelle, wo wir das Feuer anzünden, liegt nur zehn Zentimeter tiefer als das hintere Ende."

„Das wird nicht klappen", meinte Pear. „Komm, wir versuchen es mal und machen ein Feuer an."

Leider geschah es wie erwartet. Es war nicht genügend Abzug vorhanden. „Da müssen wir doch einen Kamin bauen", sagte Pear resigniert. „Ich weiß zwar nicht, wie es mit dir steht, aber ich werde langsam müde."

Glen schaute auf die herumliegenden Steine. „Was glaubst du, wie lange wir dazu brauchen werden?"

Pear blickte die Steine lange an. „Es muß doch einen anderen Ausweg geben. Auf diese Art sind wir nächsten Monat noch am Werk."

Glen nickte zustimmend. „Sag mal", rief er nach kurzem aus. „Warum suchen wir nicht einfach einen vorfabrizierten Schornstein?"

Pear sah ihn ernst an. „Dich hat wohl die Hitze erwischt", meinte er mitfühlend. „Auf den ersten Blick würde ich sagen, daß es hier nicht besonders viele gibt, vorausgesetzt, sie wachsen nicht auf Bäumen."

Glen begann zu lächeln, und Pear verstand ihn sofort. „Vielleicht tun sie das wirklich. Wie wäre es mit hohlen Bäumen?"

„Genau das hatte ich im Auge."

Sie brauchten nicht lange zu suchen, bis sie einen passenden Kamin gefunden hatten, einen ausgehöhlten Amberbaum, der an einer Krankheit oder an Insekten eingegangen war. Von den gesunden Bäumen daneben wurde er noch aufrecht gehalten. Das dünne Holz umgab einen hohlen Durchmesser von etwa fünfzehn Zentimetern, während der ganze Stamm eine Länge von drei Metern hatte. Sie zogen ihn heraus und schleiften ihn zum Lager.

„Einen besseren hätten wir wohl kaum finden können", bemerkte Pear, als sie die Verbindung mit dem Tunnel herstellten. Mit kleinen Steinen und Erde wurde alles abgedichtet.

Noch ehe sie mit ihrer Arbeit fertig waren, fing das nur noch schwach glostende Feuer hell zu brennen an. Der Rauch zog durch den Kamin ab, und Pear trat zurück, um dieses Kunstwerk zu bewundern. „Ich bin froh, daß ich wenigstens in einer Geschichtsstunde aufgepaßt habe", stellte er befriedigt fest. „Und ich wette, der gute alte Nero konnte auch keine bessere Zentralheizung bauen als wir beide."

„Für den Anfang heute machen wir lieber nur ein kleines Feuer", schlug Glen vor. „Sonst träumen wir von Nero, der auf dem Felsen sitzt und fiedelt, solange wir hier rösten."

Er schaute dem Rauch zu, wie er sich unter der Decke des Unterstandes kräuselte und dann nach draußen verschwand. Nach kurzer Pause fragte er: „Hast du schon einmal geräucherten Fisch gegessen?"

„Nein", antwortete Pear, „aber ich kann mir eigentlich keine bessere Zeit denken, um damit anzufangen."

„Wir können ja mal nach den Katzenfischen sehen, für die wir die Haken gesetzt haben."

Bald waren sie am Fluß und holten die Leinen ein. An den ersten beiden hing nichts, die zweite hatte nicht einmal mehr einen Haken, da die Rinde wohl nicht fest genug geknüpft worden war. Die nächste Leine schien zunächst schlaff; als Glen sie jedoch ein paar Zentimeter zurückzog, fühlte er Widerstand, und bald sah er einen riesigen Katzenfisch daran hängen.

„Mensch, schau dir bloß seine Länge an!" rief Pear aufgeregt. „Sicher werden wir bald genug davon haben, aber inzwischen können wir uns ja mal im Fischessen üben."

Nun nahmen sie den Fisch am Teich aus und verwendeten die Eingeweide gleich wieder für neue Köder.

Am Lagerfeuer schnitten sie den Fisch in Streifen, dicke für die nächste Mahlzeit und dünnere für den Rauchfang. Glen schichtete Steintafeln rund um das Feuer und legte die dicken Streifen darauf. Zweige wurden durch die dünnen Fischstücke gestoßen und diese in den Kamin gehängt.

„Wir lassen sie die ganze Nacht drin", schlug Glen vor, „und prüfen sie morgen früh."

Die Sonne berührte schon die Bergspitzen im Westen, als Glen wieder sprach. „Ich werde noch einmal nach den Hasenfallen sehen. Und dann will ich diese Minzblätter am Fluß ausprobieren, wenn wir das nächste Kaninchen braten. Das müßte einen guten Geschmack geben!"

Schon in der ersten Falle saß ein Hase, der noch strampelte. Glen tötete ihn schnell mit einem Stein. Die anderen Fallen waren leer. Als er in der hereinbrechenden Dämmerung zum Lager zurückging, überlegte er sich, warum heute wohl alles so glatt gegangen war. Der Tag kam ihm plötzlich unwirklich vor. Irgend etwas stimmte da nicht, denn ihre Pläne hatten sich ohne jede Schwierigkeit verwirklichen lassen.

Deshalb kam dann die Überraschung schlagartig auf ihn zu, als er das Lager schon durch die Bäume vor sich liegen sah. Pear stand davor und schlug mit Händen und Füßen um sich. Plötzlich ließ er sich fallen und rollte wild rudernd den Hang hinab. Glen sauste los.

18

Pear war gerade wieder auf den Beinen, als Glen bei ihm ankam. Er trug kein Hemd mehr, sondern hatte es unter dem Arm zusammengeknüllt. Ein paar Fetzen davon lagen auf dem Boden.

„Ist alles in Ordnung?" fragte ihn Glen besorgt und dachte an eine Geistesgestörtheit als Folge der Vergiftungsgeschichte. Pears Gesicht war vor Aufregung hochrot angelaufen und die eine Wange von Schmutz überzogen, aber sonst schien doch alles normal an ihm zu sein.

„Rate mal, was ich habe!" sagte er sogar ganz glücklich.

„Sieht nach einem zerrissenen Hemd aus."

Langsam begann Pear das Bündel auszupacken. Der Inhalt schien sich zu wehren und bei jeder Bewegung von Pears Fingern heftig zu knurren.

Schließlich packte der Junge das Tier am Rückenfell und zog das restliche Hemd weg. Es war eine junge Wildkatze!

„Jetzt haben wir ein Haustier", sagte Pear stolz. „Das ist eine dieser Chancen, die einem nur einmal im Leben geschenkt werden. Wir können es zähmen und dann allen Leuten zeigen, wenn wir heimkommen."

„Hast du schon einmal von einem Menschen gehört, der eine Wildkatze gezähmt hat?" fragte ihn Glen milde.

„Nein, das ist eben das erste Mal. Einmal muß man damit anfangen."

„Und wie steht es mit der Katzenmama? Ich möchte wetten, das ist eines ihrer Jungen von dieser Höhle in unserer ersten Nacht."

„Das glaube ich auch", meinte Pear ungerührt. „Aber sie kann uns nicht beide zur gleichen Zeit anspringen, um es zurückzubekommen. Außerdem hat sie ja noch mehr davon und wird es gar nicht vermissen."

„Mein Freund", sagte Glen ernst, „das habe ich einmal mit einer gesprenkelten Henne versucht, als ich fünf Jahre alt war. Sie hatte zwanzig oder dreißig Küken, aber als ich ihr eines wegschnappen wollte, fiel sie wie ein Wirbelsturm über mich her. Später kam noch der Hahn dazu, der mich über den ganzen Hof davonjagte."

Pear schien gar nicht zuzuhören, und Glen zuckte nur die Achseln und half seinem Kameraden, die kleine Wildkatze an eine Leine aus Hickoryrinde zu legen. Diese verlängerten sie mit einem Seil aus wildem Wein, das an einen festen Pfosten in der Erde angebunden wurde. Als sie das Kätzchen losließen, sprang es von den Jungen weg, bis ihm die Leine in den Rücken schnitt, doch es wehrte sich weiterhin dagegen. Schließlich wurde es sich seiner schlimmen Lage bewußt und kauerte am Ende der Leine. Von dort ließ es die Jungen keine Sekunde aus den Augen und zischte und fauchte jedesmal, wenn die beiden die geringste Vorwärtsbewegung machten.

„Wo hast du es gefunden?" fragte Glen.

„Es ist hinter dem Lager herumgestrichen, wahrscheinlich, weil es den Fisch gerochen hat. Zuerst dachte ich, es sei eine Katze von einer der Farmen, an denen wir auf der Strecke unterwegs vorbeigekommen sind. Ich wollte es streicheln, aber das Biest war ganz schön wild."

Glen sah auf den ersten Blick, daß man das Kätzchen gut mit einer Hauskatze verwechseln konnte, hatte es doch die gleiche graugestreifte Zeichnung wie die meisten Katzen, denen man in den Alleen der Städte begegnet. Es war jedoch stämmiger, und der kurze Körper verriet mehr Stärke.

„Ich habe schnell mein Hemd ausgezogen und darübergeworfen, damit ich nicht gekratzt würde", fuhr Pear fort. „Es hat aber nicht viel geholfen." Er zeigte seine Hände, die mit roten Schrammen bedeckt waren.

In der allgemeinen Aufregung hatte Glen seinen Hasen ganz vergessen. Während Pear seine Kratzer mit Torfmoos bedeckte, bereitete Glen das Fleisch zum Braten vor und würzte es mit Minze und ein paar wilden Zwiebeln, die sie auf einem verwahrlosten Feld gefunden hatten. Auf kleinen Stäbchen schmorte dann alles am Feuer, während die beiden Jungen sich an den Katzenfisch heranmachten.

„Sollen wir unserem kleinen Liebling auch etwas Fisch geben?" fragte Pear.

„Ich habe so das Gefühl, daß er eher an Hasen gewöhnt ist. Gib ihm doch von der Haut und von den Innereien", schlug Glen vor.

Pear nahm einen Stecken und schob dem Kätzchen einige Leckerbissen zu, doch es beachtete sie gar nicht und duckte sich fauchend.

„Es weiß anscheinend noch nicht, daß es unser Liebling ist", rief Glen laut lachend.

Sie hatten zuviel Katzenfisch, und diesmal warfen sie die Reste ins Feuer und wandten sich dem köstlich duftenden Hasen zu. Minze und Zwiebeln hatten Wunder gewirkt, und den beiden gelang es, das ganze Exemplar innerhalb der nächsten halben Stunde zu verspeisen. Es war jetzt schon ziemlich dunkel geworden. Bis sie im Lager aufgeräumt, das Feuer für die Heizung vorbereitet und sich neue Betten auf den Wärmesteinen gebaut hatten, war es höchste Zeit zum Schlafen.

Es mußte ungefähr neun Uhr sein, als sie sich niederlegten, so schätzte Glen. Er freute sich auf einen angenehmen Schlummer, denn die Steine unter seiner Matratze waren schön warm. Sollte es in der Nacht über Gebühr abkühlen, so brauchten sie nur ein paar weitere Holzstücke aufzulegen. Gelegentlich hörten sie Stechmücken summen, doch der Rauch des Feuers hielt sie ab.

Die junge Wildkatze hatte inzwischen ihre Furcht verloren. Als Glen nochmals nach ihr sah, machte sie sich zufrieden schnurrend über die Hasenstücke her und zerfetzte sie mit ihren großen Eckzähnen.

Während ihn der Schlummer überkam, überlegte Glen noch, was jetzt wohl die Katzenmutter mache. Vielleicht hatte sie auch ihre Jungen schon entwöhnt und gar kein Interesse mehr an ihnen. Er mußte nicht lange auf eine Antwort warten. Die alte Katze schien ihre Kinder noch nicht an ein eigenes Leben gewöhnt zu haben, denn ein laut klagendes Miauen aus den Rhododendronbüschen direkt über ihnen weckte die Jungen schnell auf.

„Hast du das gehört?" flüsterte Pear.

„War schwer zu überhören", meinte Glen, als er sich die Augen rieb. „Sie macht ja mehr Lärm als ein Güterzug bei Nacht."

„Glaubst du, daß sie hinter dem Kätzchen her ist?"

„Das würde ich doch als erstes vermuten."

Ein gleitender Schatten erschien in den Büschen am Rande des Lagerfeuers und verschwand dann. Kein Laut war zu hören, denn die Wildkatze sprang auf weichen Pfoten von Stein zu Stein. Die Jungen überfiel ein ganz unheimliches Gefühl. Pear rückte näher an Glen heran, als sie zusammen hinter der Katze herstarrten.

Er stellte keine Fragen mehr, sprang auf und zog die Leine ein, an der die junge Katze hing. Diese schätzte eine derart rohe Behandlung aber gar nicht, sie wehrte sich heftig gegen Pear, der sie in eine Lage bringen wollte, aus der er ihr das Halfter abnehmen konnte. Glen assistierte ihm dabei, doch auch er wurde mit wütenden Prankenhieben attackiert. Endlich drückte Pear das Tier auf den Boden, während Glen die Schnur löste. Sofort rannte das Kätzchen in der Dunkelheit zu der Stelle, von wo das letzte Miauen ertönt war.

„Ich wäre dafür, daß wir keine Haustiere mehr aufpicken", murmelte Glen, als sie wieder in ihren Betten lagen.

„Ich auch", stimmte ihm Pear zu.

Vielleicht war die Erregung dieses Abends die Ursache dafür, daß Glen bald in lebhafter Bilderfolge träumte. Obwohl die Szenen schnell wechselten, kamen seine Gedanken immer auf die Römer, den Vesuv und die pompejischen Bäder zurück. Er selbst stand in einer Straße in Pompeji, die mit rohen Kieselsteinen gepflastert war, und beobachtete einen dicken Mann in einer römischen Toga. Der Mann spielte Violine und blickte auf den Vesuv, wo Rauchschwaden durch einen Kamin aufstiegen, wie sie einen gebastelt hatten. Dann begann die Spitze des Vulkans auseinanderzubrechen, und zahllose Stein- und Erdbrocken wurden emporgeschleudert. Sie fielen in Glens Nähe herunter, doch seine Beine schienen an den Kieselsteinen zu kleben, er konnte sich nicht fortbewegen.

An einem Stoß in die Hüfte wachte er auf und sah den Kamin neben sich liegen. Staub schwebte in der Luft, und losgelöste Steine kullerten am Hang vor dem Unterstand hinab. Doch am bestürzendsten waren die jungen Waschbären, die umherjagten und aus der allgemeinen Verwirrung zu entkommen versuchten. Einer sprang Glen auf den Schoß und rannte dann seiner Mutter in die Dunkelheit nach. Zwei andere rutschten von der Wand herab, wo der Kamin gestanden hatte.

„Nein!" rief Pear. „Das darf einfach nicht wahr sein!"

„Du hast damit angefangen", rief Glen klagend, mußte aber dann doch über die groteske Situation lachen. „Sicher haben sie dich beobachtet, als du deinen Entschluß faßtest, die kleine Katze zu behalten. Da konnten sie doch vermuten, du habest alle wilden Tiere aus der Gegend eingeladen."

„Du glaubst also nicht, daß sie diesen Räucherfisch im Kamin gerochen haben?" fragte Pear naiv.

„Das nehme ich doch stark an." Glen lächelte. „Vielleicht haben sie sich gedacht, wir hätten ihn für sie aufgehoben, weil nichts mehr vom Hasen übriggeblieben war."

„Vielleicht wollten sie den hohlen Baum auch als Winterquartier", fügte Pear noch hinzu.

„Möglich. Das werden wir ja merken, falls sie zurückkommen, sobald wir weggehen."

Nachdem sie den Kamin wieder in seine ursprüngliche Lage gebracht hatten, versuchte Glen wieder einzuschlafen. Doch die Aufregungen dieses Abends klangen noch nach, und er überdachte alles, was sie bisher geleistet und was sie vergessen hatten.

Bis jetzt bestand noch keine Notwendigkeit, Kleider anzufertigen, denn das Wetter war ja verhältnismäßig warm. Doch sicher könnte man im Notfall aus Rinde etwas machen und wahrscheinlich auch aus Hasenfellen. Zugleich fiel ihm aber ein, daß dies wohl übelriechende Kleider abgäbe, wenn man sich im Gerben nicht auskannte. Yucca-Wurzeln hatten ganz gute Seife geliefert; wenn sie auch nur spärlich vorkamen, so waren doch noch einige in der näheren Umgebung zu finden. Holunder hatte sich bei Vergiftungserscheinungen bewährt, die Rinde des Angelikabaumes gegen Zahnschmerzen.

Glen fielen Geschichten von Waldläufern ein, die eine Axt als den wichtigsten Gegenstand bezeichnet hatten, um in der Wildnis überleben zu können. Er sah dies jedoch nicht ein, wenn man das Holzhacken ausklammerte. Sie konnten jedenfalls in ihrem Unterstand monatelang allein von den dürren Ästen leben, die überall herumlagen. Die Bäume starben hier eines natürlichen Todes.

Es gab jedoch noch einige andere Dinge, die er ausprobieren wollte, solange sich Gelegenheit dazu bot. Er hatte von Kakteen gehört, die man absengte, um sie von ihren Stacheln zu befreien, und dann zum Kochen wie grüne Bohnen in Streifen schnitt. Auch die Blätter des Löwenzahns gaben ein gutes Gemüse ab.

Vor allem wollte er aber einmal Froschschenkel versuchen, denn nach dem nächtlichen Lärm zu schließen, mußte es ja Tausende dieser Tiere geben. Sie waren schon einen großen Schritt bei der Beherrschung der Natur vorangekommen, als sie die Heizung unter ihren Betten eingebaut hatten. Einen weiteren Schritt nach vorn würde es bedeuten, wenn die Töpferwaren erst fertig waren. Er wollte diese gern noch fertig sehen, ehe ihre Zeit zum Aufbruch gekommen war. Sobald die Hauptfeuchtigkeit unter den Blättern verdunstet sein würde, konnten sie die Töpfe in die Heizung stellen und dort vielleicht sogar härten. Falls dies nicht ging, konnten sie die Töpfe in einem starken Feuer aus Eiche und Hickory backen.

Morgen schon würde er den Fröschen zu Leibe rücken!

19

Es war schon heller Vormittag, als Glen sich aufrichtete. Pear stand vor ihm und streckte sich genüßlich.

"Junge", grunzte er, "heute nacht habe ich überhaupt nicht gefroren. Die Römer hatten mit ihrer Heizerei wirklich einen guten Einfall."

"Ja", gab Glen zu. "Aber ich könnte wetten, daß ihnen nie eine Waschbärenfamilie ihre Kamine eingerissen hat."

"Und was hast du dir heute nacht wieder zu unserem großen Projekt ausgedacht?" fragte Pear. "I c h könnte wetten, daß du die halbe Nacht wach geblieben bist, um etwas Neues zusammenzubrauen."

"Ja, ich war wach — und zwar wegen dieser Waschbären", lachte Glen. "Ich habe aber nichts zusammengebraut, und wenn je noch Fische im Kamin sind, so liegt sicher zuviel Dreck darauf, als daß man sie noch essen könnte."

"Meinst du, wir könnten die Biester irgendwie überlisten? Wir gehen doch schon bald nach Hause."

"Wenn wir Nahrung lagern wollen, müssen wir etwas erfinden, was so sicher ist, daß nur wir beide 'rankommen." Glen schnürte sich die Stiefel zu. "Jetzt wird es aber höchste Zeit, um zu unserem Signalstein zu gehen."

Eine Viertelstunde später, als sie dort eintrafen, fragte Glen: "Weißt du, daß heute unser vorletzter Tag ist?"

Pear schwieg und zählte die Steine nach. "Und wenn i c h mich nicht täusche, ist heute der Dreizehnte", sagte er schließlich. "Du bist wohl nicht abergläubisch?"

"Ich glaube nicht", meinte Glen langsam.

"Aber ich bin es", fuhr Pear feierlich fort.

Kaum waren diese Worte ausgesprochen, da hörte man in der Ferne Donner grollen. Der Morgen war sehr heiß und die Luft weit feuchter als gewöhnlich.

„Es sieht so aus, als ob wir noch vor dem Abend etwas Abkühlung bekämen", rief Glen. „Wie wäre es, wenn wir einen Ofen bauten und überlegten, was wir damit anfangen können? Vielleicht Pfeilkraut- und Rohrkolbenwurzeln rösten. Die sollen nämlich Kartoffelstärke enthalten."

Ehe sie die Talsohle des Cañons wieder verließen, kamen sie an einem Sumpf vorbei, auf dessen Grund sie mergeligen Schlamm entdeckten. Sofort beschlossen sie, ihn als Mörtel für die Ofensteine zu verwenden.

Der Ofen wurde sogleich unter dem Überhang ihres Lagerplatzes gegenüber der Wasserleitung gebaut. Da große Sandsteinplatten reichlich vorhanden waren, konnten sie diese leicht als Bausteine für einen viereckigen Herd verwenden. Hinten wurde ein Kamin als Abzug eingeplant. Auch eine Steinplatte innen vergaßen sie nicht, wo sie Fleisch zum Braten auflegen wollten. Alle Fugen wurden nun mit Mörtel verstrichen. Einen größeren flachen Stein konnte man vorn als Ofentür zuklappen.

Ihr nächstes Projekt war ein Behälter, den sie aus schweren Steinen hinten im Unterstand bauten. Sie achteten sorgfältig auf glatte Kanten, so daß eine Steinplatte als waschbärensicherer Deckel daraufgelegt werden konnte. Dann rollten sie große Felsbrocken zur Verstärkung heran, die sie nur zu zweit transportieren konnten. Nun war ihre „Speisekammer" gut verschlossen.

Als sie sich wuschen, bemerkte Pear: „Sieht verdammt gut aus, aber ich glaube, ich habe heute schon einige Pfund abgenommen."

Glen blickte in die Sonne, die jetzt senkrecht über dem Cañon stand. „Es muß ungefähr zwölf Uhr sein. Ich habe nach diesem Zirkus heute nacht gar nicht an das Essen gedacht. Wie wäre es zur Abwechslung mal wieder mit Beeren?"

„Meinetwegen. Pflaumen würden zwar besser schmecken, aber ich bin nicht in der Verfassung, diese Klippen hinaufzusteigen."

Nachdem sie einige Brombeeren und Heidelbeeren vertilgt und sich auf dem sonnendurchglühten Sand ausgeruht hatten, stiegen sie zum Schwimmen in das kühle Wasser. Keiner der beiden spürte große Lust zu dem üblichen Wettkampf. Sie ließen sich nur von der Strömung dahin treiben, wo die Sonne das Wasser erwärmt hatte.

Glen bemerkte, daß die Gewitterwolken am westlichen Horizont größer geworden waren. Sie verbreiteten sich allmählich über den ganzen Himmel und waren viel dunkler als zwei Stunden zuvor. Gelegentlich wurden sie von einem grellen Blitz durchschnitten.

„Glaubst du, daß uns der Froschfang heute abend verregnen wird?" fragte Pear, als er Glens besorgten Blick bemerkte.

„Das könnte gut sein. Am besten fangen wir mal mit den Vorbereitungen an, sonst kommen wir nie an Frösche. Bis jetzt haben wir noch nicht einmal die Fackeln dazu."

„Soll das etwa heißen, daß wir dieses nette, saubere, klare Wasser hier verlassen wollen?"

„Nun, ich habe so das Gefühl, daß wir noch allerhand zu tun haben, zum Beispiel nach den Fischleinen und nach den Fallen sehen. Wenn wir es nicht regelmäßig tun, werden es uns bald andere Tiere abnehmen."

Sie zogen ihre Kleider wieder an und trotteten am Ufer entlang. Unterwegs suchten sie Ahornzweige, die sie als Froschspeere verwenden wollten. Ihre Fischleinen enthielten diesmal keine Beute, manche nicht einmal mehr den Köder. Irgend etwas hatte die Fische vom Anbeißen abgehalten. Es mußte das Wetter sein, dachte Glen, weil er noch nie kurz vor einem Gewitter Anglerglück gehabt hatte.

Bald fanden sie auch geeignete Stecken — rote Ahornschößlinge, die aus dem Wurzelstumpf eines gefällten Baumes wuchsen. Mühsam bastelten sie daraus kleine Speere mit geschärften Spitzen.

„Ich würde sagen, das war verdammt gute Arbeit, junger Kollege", sagte Pear und ahmte damit den Opossum-Mann nach.

Ja, es war gute Arbeit, dachte Glen. Er blickte wieder zum Himmel, um zu prüfen, ob sie ihre Jagdwerkzeuge wohl heute ausprobieren konnten. Die Wolken sahen bedrohlich aus, aber man konnte nicht erkennen, ob der Sturm eigentlich zu- oder abnahm.

„Jetzt suchen wir Kiefernfackeln", schlug er deshalb nach kurzem Nachdenken vor. „Und wenn wir sie nicht für die Frösche brauchen, können wir sie immer noch ins Feuer werfen."

Bald hatten sie einen reichlichen Vorrat an Kiefernklötzen und harzhaltigen Astknorren gesammelt.

„Wir schauen noch nach unserer Töpferei, ehe wir etwas essen", sagte Glen.

Pear schob die Blätter zur Seite, und sie konnten feststellen, daß ihr System des langsamen Trocknens gut funktioniert hatte, denn keiner der Töpfe war gesprungen, und alle schienen trocken zu sein. Als sie die Steintür zu ihrer unterirdischen Heizung öffneten, sah Glen, daß die Kohlen und die Steine noch warm von der letzten Nacht waren. Sie stellten die Töpfe in den Tunnel, wo der Härteprozeß weitergehen sollte. Am Morgen wollten sie dann alles auf rotglühenden Kohlen weiterbacken, und ihr Geschirr würde dauerhaft wie Ziegelsteine werden.

„Wann probieren wir eigentlich unseren Backofen aus?" fragte Pear, als sie fertig waren. „Es sind immer noch zwei oder drei Stunden, bis es dunkel wird."

„Ich will dir etwas sagen", meinte Glen und schaute ihn

aufrichtig an. „Das Feuer mache ich, und du machst inzwischen dieses Eichelmehl an."

Pear schaute kläglich auf seine Hände, die noch von der letzten Arbeit mit den Eicheln aufgesprungen waren. „Diesmal machen wir es ohne", sagte er schnell. „Es muß doch noch etwas anderes als Brotersatz geben."

„Nun gut", sagte Glen nachgiebig. „Ich habe von diesen Wurzeln des Pfeilkrautes und des Rohrkolbens gelesen, man könne sie wie Kartoffeln braten. Wir könnten es ja mal damit versuchen."

Dies war einfacher gesagt als getan, denn am ganzen Flußufer entlang schien sich kein einziger Stengel dieser Pflanzen zu finden.

„Vielleicht ist das Wasser hier unten zu kalt", vermutete Glen. „Wer hätte je gedacht, daß es irgendwo Wasser gäbe, an dem keine Rohrkolben wachsen?"

„Was ist denn das dort für eine Pflanze mit den speerförmigen Blättern? Sieht so ähnlich wie Pfeilkraut aus." Pear zeigte auf das seichte Wasser, wo dicke Pflanzenbüschel aus den Steinen wucherten.

„Das sind Goldkeulen", antwortete Glen. „Ich habe schon beobachtet, wie Enten versuchten, an die Wurzeln 'ranzukommen. Wir könnten es ja versuchen."

Sie benutzten scharfe Stecken als Spaten und machten sich an die Arbeit. Es war sehr schwierig, in die schmalen Steinspalten zu gelangen, und ständig brachen ihre Werkzeuge ab. Eine Stunde verging, bis sie ungefähr ein Pfund dieser knolligen Wurzeln gesammelt hatten. Sie wuschen diese und trugen sie zum Lager, wo sie ein mäßiges Feuer im Ofen entzündeten. Glen erinnerte sich nämlich seiner Erfahrungen im Freizeitlager, als Sandsteine am Feuer ohne jede Vorwarnung explodierten. Dies wurde verursacht von der Flüssigkeit im porösen Gestein, die sich in Dampf verwandelte und damit Druck erzeugte.

Als der Ofen für die Wurzeln vorbereitet war, brach schon die Dämmerung herein, und Pear klagte: „Ich habe einen Bärenhunger. Seit wir hier sind, stopfen wir uns entweder voll, oder wir fasten. Ist das schön, sich dreimal am Tag an einen gedeckten Tisch zu setzen, ohne sich Gedanken über die nächste Mahlzeit zu machen!"

„Ich habe soeben das gleiche gedacht", ließ sich Glen vernehmen. „Heute brauchen wir eine gute Mahlzeit. So viele Froschschenkel, wie wir nur vertragen. Und dazu diese wilden Biskuits, das gibt eine Delikatesse."

Pear nickte. „Diese Biskuits sind allerdings wild. Wenn sie noch ein bißchen wilder wären, würden sie mich in die Hand beißen. Warum suchen wir nicht ein paar Pilze und braten sie mit?"

„Das ist eine prima Idee. Ich werde die Fallen prüfen und gleich ein paar Pilze mitbringen!" rief Glen und lief den Hang hinab, dorthin, wo er einige Morcheln gesehen hatte. Die Fallen waren alle leer. Offensichtlich waren auch diese Tiere vor dem kommenden Gewitter untätig. Dagegen fand er ein halbes Dutzend schöner Pilze. Nachdem sie diese in den Ofen gelegt hatten, zündeten sie eine Fackel als Feuerspender an und wanderten zum Fluß, ehe die Nacht vollends hereinbrach. Die Speere mußten sie im Gebüsch aufrecht vor sich hertragen.

Sie stießen direkt auf das Wasser zu. Immer näher klang das Grollen des Donners, und alle paar Minuten durchzuckte ein Blitz die Dunkelheit. Auch der Wind setzte nun nach diesem glühendheißen Tag ein und war angenehm erfrischend. Anscheinend gab es nur wenige Frösche heute am Fluß, nach den vereinzelten Rufen zu urteilen.

„Ich glaube, das Gewitter hat sie schon vertrieben, ehe es noch richtig da ist", sagte Glen, als sie die Fackeln entzündeten und sich vorsichtig heranpirschten. Bei jedem vermuteten Schlupfwinkel hielten sie die Flammen nahe heran.

„Was glaubst du, wie hoch hier das Wasser nach einem starken Regenguß wohl steht?" fragte Pear.

„Nicht sehr hoch um diese Jahreszeit, nehme ich an", antwortete Glen, „wenn es nicht weiter oben ungewöhnlich starken Niederschlag gegeben hat. Die vielen Bäume hier halten das Wasser fest."

„Letzten Winter stand es aber sehr hoch, als wir hier wanderten, weißt du noch?" erinnerte ihn Pear. „Ich möchte wetten, wir stehen jetzt über einen Meter tiefer als bei der Winterflut."

„Da wäre ich nicht überrascht. Ich habe einen Onkel im Westen, der erzählte mir von Überschwemmungen dort, wo es keine Bäume gibt. Er sagt, daß man die Wassermassen aus hundert Meter Entfernung anrollen sieht, als ob ein Damm gebrochen wäre."

Pear blickte sich vorsichtig um. Aber die Fackeln beleuchteten nur eine Strecke von etwa dreißig Meter. „Da hätten wir aber ganz schön zu laufen, wenn hier eine käme", bemerkte er.

Zwei glitzernde Augen blickten aus dem schwarzen Wasser unter einem Stein hervor, und Pear wurde still, als sie den Frosch bemerkten. Glen hielt seine Fackel zur Seite und stach mit dem Speer zu. Er verfehlte jedoch sein Ziel; der Frosch flüchtete. Das Licht schien den Frosch aber zu verwirren, denn er schwamm ein paar Meter zur Seite, wendete und kam dann direkt auf das Licht zu. Diesmal zielte Pear auf den Unterwasserschwimmer.

„Ich habe ihn getroffen!" rief er triumphierend und nahm das Tier vom Speer. „Schau dir bloß diese Schenkel an! Die sind ja größer als bei einem Hähnchen."

Das waren sie natürlich nicht, wie Glen sofort feststellte, aber dieser Ochsenfrosch mußte doch der König seiner Gattung gewesen sein. Noch ein paar solcher Exemplare, dann konnten sie ein Festmahl halten.

Sie fanden noch einen Frosch ein paar Meter weiter und dann noch einen. Glen fühlte, daß das Gewitter immer näher kam. Die Blitze wurden häufiger, und der Wind, der den Cañon herunterwirbelte, war plötzlich frostig. Aber die Jungen waren so begeistert von ihrer Jagd, daß sie die Umwelt vergaßen. Mehr als einmal verfehlten sie zwar ihr Ziel, doch die Dunkelheit erlaubte es ihnen, nahe an ihre Beute heranzugehen.

Es regnete wohl schon längere Zeit, als Glen es merkte. Die Tropfen klatschten herab und löschten ihre Fackeln. Pear rief zur Bekräftigung: „Sag mal, da regnet es ja!"

Die Büsche wurden vom Wind geschüttelt, und das Wasser war so gekräuselt, daß es nutzlos war, die Jagd fortzusetzen. Sämtliche Frösche hatten jetzt wohl Zuflucht unter Steinen und Schlamm gesucht.

„Laß uns von hier weggehen", rief Glen und wandte sich dem Ufer zu. Doch das Gebüsch war so dicht, daß man kaum durchkam.

„Komm, wir gehen den Weg zurück, den wir gekommen sind", schlug Pear vor. „Wir waten einfach am Ufer entlang."

Glen nickte zustimmend, und dann liefen sie stromabwärts in Richtung ihres Lagers. Das Wasser spritzte ihnen an den Beinen hoch, doch es regnete so stark, daß es gleichgültig war, ob sie von oben oder von unten naß wurden.

Die Blitze erhellten die Dunkelheit ringsum, und die Felsen am Rande des Cañons warfen gespenstische Schatten. Pear hatte kräftigere Beine, er rannte voraus, und als sie an eine Stromschnelle kamen, nahm er den Weg über eine alte Fichte, die schräg im Wasser stand.

Glen folgte ihm so dicht wie möglich, doch als er durch

das Wurzelwerk kletterte, rutschte er aus, und die Fackel fiel ihm aus der Hand. Sie wurde sofort von der Strömung fortgespült. Der eine Fuß steckte tief im durchweichten Moos unter den Wurzeln, als er das Wasser schon bis zu den Knien spürte.

„He, warte doch!" brüllte er. „Ich bin eingesunken."

Doch Pear hatte gerade wegen eines Windstoßes Schwierigkeiten mit seiner Fackel, die erlöschen wollte. Schnell beugte er sich unter einen Busch, um die Flamme vor dem Regen zu schützen, bis sie wieder mehr Kraft bekam.

Aber dieser Windstoß hatte auch auf die alte Fichte eine gewisse Wirkung. Die Baumwurzeln an Glens Beinen entlang dehnten und bewegten sich, als der Wind im Baumwipfel zerrte. Glen fühlte zuerst ein paar kleinere Wurzeln nachgeben, und dann begann die armlange Wurzel direkt an seinem Bein ihren Halt im Boden zu verlieren.

Der Baum stürzte!

20

Glen war gelähmt vor Entsetzen, als der Baum herabkam, langsam zuerst, dann mit wachsender Geschwindigkeit. Im Schein der aufflackernden Blitze und der zuckenden Fackel sah er den kahlen, rindenlosen Stamm auf sich zukommen, und er warf sich gegen die Felsen.

Der Baum stieß ihn leise an, als er sich auf das Wasser senkte. Er erreichte die Oberfläche nicht ganz, denn sein Wipfel traf auf die vorspringenden Felsen und blieb dort im Lärm splitternder Zweige hängen.

Pear stand über ihm; sein Gesicht im Licht der Fackel stach schneeweiß gegen die uferlose Schwärze hinter ihm ab. „Bist du unverletzt?" fragte er in so leisem Ton, als fürchte er, etwas zu erfahren, was er nicht hören wollte.

Langsam fuhr Glen mit der Hand an seinem eingekeilten Bein entlang. Er bemerkte nichts, was auf eine Wunde hindeutete.

„Ich glaube", antwortete er, und seine Stimme zitterte trotz der Anstrengung, ruhig zu erscheinen.

„Steckst du fest?"

„Ich stecke nicht nur fest, ich bin auch angewurzelt!" rief er. „Mein Fuß ist zwischen einer Wurzel und einem Stein hier im Moos eingeklemmt."

„Kannst du ihn gar nicht bewegen?"

„Nein." Glen schnitt eine Grimasse. Der ursprüngliche Schock wich einem Schmerzgefühl, das allerdings nicht besonders schlimm war. Glücklicherweise diente das Moos als weiches Polster gegen die Falle, die enger wurde.

„Glaubst du, ich könnte dich herausziehen?" fragte Pear und steckte seine Fackel in den Boden.

„Wir können es ja mal versuchen", sagte Glen und zuckte zusammen, als neue Schmerzströme sein Bein heraufflossen.

Pear schlang seine Arme um Glens Brust und zog mit aller Kraft, doch die ganze Anstrengung schmerzte nur an dem gefangenen Bein. Es regte sich jedoch keinen Millimeter. Nun versuchte Pear, mit beiden Händen an Glens Handgelenk zu ziehen, doch auch das war schmerzhaft.

„Es ist besser, wenn du zum Opossum-Mann gehst und eine Axt borgst", sagte Glen schließlich, als der Regensturm ihm ins Gesicht peitschte. „Je mehr Zeit wir verlieren, desto länger dauert es, bis ich hier 'rauskomme."

„Soll ich dir die Fackel dalassen?" fragte Pear noch, während er sich zum Fortgehen umwandte.

„Nimm sie nur mit, dann kommst du schneller voran."

Als das Licht in der Dunkelheit hin- und herschwankte, fühlte Glen das Wasser an seine Hüfte klatschen. Zu seinem Entsetzen merkte er, daß der Fluß von riesigen Wassermassen anstieg, die aus den höher gelegenen Cañonbächen strömten. Der frische Wind, den sie schon am frühen Abend bemerkt hatten, war jetzt vom schweren Regen noch kühler.

Ungefähr fünfzehn Minuten später spürte er das eisige Wasser schon an der Gürtellinie und konnte es gegen den gestürzten Baum plätschern hören. Eine Hilflosigkeit ergriff Besitz von ihm, und er wurde sich bewußt, daß er diesmal keine Antwort auf ein Problem zur Hand hatte. Es kam ihm so vor, als ob bisher bei jedem Plan und bei jeder Reise gemeinsam mit Pear er es gewesen war, der den jüngeren Freund geführt, die meisten Antworten geliefert, Schwierigkeiten beseitigt und Pear angetrieben hatte, wenn dieser sich treiben ließ oder aufgeben wollte.

Nun aber merkte Glen, daß er keine passende Antwort mehr wußte. Wahrscheinlich würde Pear sich auf dem Weg zur Hütte des alten Mannes verirren, und wenn seine Fackel vollends abgebrannt war, konnte er die ganze Nacht im Kreise gehen.

Doch plötzlich sah Glen das Licht der Fackel in zwanzig Meter Entfernung aufleuchten. Pear kam wieder in Sicht. Er stieß die triefenden Büsche vor dem gestürzten Baum auseinander und hielt die nahezu abgebrannte Fackel hoch. Seine Stimme ließ erkennen, wie enttäuscht und erschöpft er war.

„Der Fluß ist schon zu hoch zum Überqueren!"

Glen nahm die Worte seines Kameraden ungläubig auf. Erst nach einiger Zeit erreichte ihn ihr wirklicher Inhalt. Eine Axt! Eine einfache kleine Axt war alles, was nötig gewesen wäre, um ihn zu befreien. Und das Wasser, das ihn gefangenhielt, verstärkte seine Kraft noch, um jede Rettung unmöglich zu machen.

Glen redete sich selbst Mut zu, aber die innere Ruhe wollte nicht zurückkehren. Das eisige Wasser wirbelte jetzt um seine Rippen.

„Was sollen wir tun?" rief er hilflos. Er wußte, daß er wie ein kranker Hund aussah, aber dessen schämte er sich nicht mehr. Pear stand schweigend da und blickte auf ihn und dann auf den Stamm. Die Fackel flackerte jetzt, und jedesmal dauerte es länger, bis sie wieder aufflammte, denn der Regen nahm zu, und das meiste Harz war schon verzehrt. Das Gefühl der Hilflosigkeit machte jetzt aufsteigendem Ärger gegen Pear Platz, der weder etwas sprach noch etwas tat.

„Mach doch irgend etwas!" brüllte Glen seinen Freund an. Doch Pear hielt nur seine Fackel empor, ehe sie vollends erstarb. Seine eigene Ohnmacht trieb Glen dazu, einen Stock aufzuheben und ihn nach seinem Gefährten zu schleudern, doch ehe er noch durch die Luft flog, war Pear schon in der Dunkelheit verschwunden.

Unfähig, seinen Zorn zu beherrschen, brach Glen in Schluchzen aus und griff nach Moosbüscheln, um diese hinter seinem Freund herzuwerfen. Minutenlang brüllte er seinen Kummer hinaus, doch dann wußte er, daß die kühle Vernunft wieder Einzug in ihm hielt. Zum ersten Male war er über den Regen froh, weil dieser ihm die Tränen vom Gesicht wusch.

Als ein greller Blitz sein Licht im Cañon verbreitete, konnte er Pear einige Meter weiter oben am Ufer erkennen. Er tat etwas, doch man konnte nicht genau sehen, was es war.

Dann war das Geräusch brechender Äste durch das Prasseln des Regens zu hören, und Glen meinte, die Büsche bei Pear bewegten sich. Bald konnte er die undeutliche Gestalt seines Freundes ausmachen, der auf einem hohen Felsen stand und etwas ins Wasser warf. Das Licht war jetzt erloschen, doch gegen den weißen Gischt konnte er die Äste auf den gestürzten Baum zutreiben sehen. Beinahe alle wurden weitergespült.

Einen Moment später erschien Pear über ihm und blickte auf den Baumwipfel, der noch immer fest verankert dalag.

„Meinst du vielleicht, daß das etwas nützt?" brüllte Glen, mehr um seine eigene Stimme zu hören, als um eine Antwort zu bekommen.

Pear schaute von dem Felsen herab, auf dem er stand. „Hast du vielleicht einen besseren Vorschlag?" rief er verärgert. Damit drehte er sich um und verschwand im Dunkel.

Nach ein paar Minuten wiederholte Pear den Vorgang und warf ganze Büsche in die Strömung. Vielleicht hatte er Glück, vielleicht war es auch nur, weil die Verschanzung allmählich breiter wurde, jedenfalls blieben diesmal mehr Zweige am Baum hängen als zuvor.

Wieder und wieder tat er nun das gleiche, bis die meisten der hineingeworfenen Büsche und dürren Äste ihren Platz fanden, um den gestürzten Baum zu rammen. Glen hielt den Atem an, als er meinte, eine Bewegung gespürt zu haben, doch als er den Baumstamm prüfend anschaute, merkte er, daß es blinder Alarm gewesen war. Der Baumwipfel hing noch immer dort oben zwischen den Felsen, als ob er in Beton gegossen wäre.

Der Regen war jetzt merklich schwächer geworden, aber das Wasser stieg noch immer und würde wahrscheinlich weiterhin steigen.

Pear stand wieder am Ufer und warf das Gebüsch in die Strömung. Seine Tätigkeit schien wie die einer Ameise, die ein einziges Staubkorn von einem Platz zum anderen schleppt. Wie lange, so überlegte Glen, würde es wohl dauern, bis Ameisen die Tausende von Schmutzteilchen transportiert hätten, die zum Bau eines Tunnels erforderlich waren? Damit wollte er seine Gedanken von dieser ausweglosen Lage ablenken.

Pear war gegangen. Dann kam er wieder. Und ging erneut fort. Und kehrte zurück. Als er wieder verschwunden war, erschien er abermals auf dem Felsen direkt über Glen. Er keuchte vor Erschöpfung, während er stammelte: „Bist du noch bei uns?"

Glens Zähne klapperten mehr von der Kälte als von der Furcht, als er heiser flüsterte: „Ich bin bei dir, Pear."

Gerade als Pear sich hinkniete, um nach Luft zu schnappen, wurde der Baumstamm von der unerbittlichen Gewalt der Strömung bewegt. Jeder kleine Zweig der hineingeworfenen Büsche trug dazu bei, ihn fortzuschwemmen. Als der Baumwipfel sich langsam von dem Felsen löste, fand das Wasser noch eine stärkere Hebelkraft und wirbelte ihn stromabwärts gegen das Ufer. Ein paar Wurzeln blieben noch im Boden verankert, doch Glen wußte sich frei, wenn sein Bein auch so taub war, daß er es nicht bewegen konnte.

„Kannst du mir deine Hand geben?" schnatterte er.

Pear streckte beide Hände hinab und half dem durchweichten Glen, seinen Weg aus dem Morast zu machen. Er wartete oben, bis Glen sich durch die Büsche gekämpft hatte. Langsam und äußerst schmerzhaft kehrte die Blutzirkulation in Glens Beine zurück. Als er oben am Hang anlangte, konnte er schon wieder aufrecht gehen. Pear ging voran, und Glen stolperte hinterher. Stillschweigend waren sie sich einig, nicht unnötig Energie mit Sprechen zu verschwenden.

Als sie am Lagerplatz ankamen, war Glen schon wieder etwas durchwärmt. Sie ließen sich neben dem Feuer niederfallen. Glen legte Holzscheite auf die Glut, um das Feuer wieder zu entfachen. Dann häuften die Jungen eine Menge Äste auf und ließen sich schließlich wieder auf den trockenen Boden sinken, als das Lagerfeuer ihre Haut mit Wärme liebkoste.

Glen lag eine Weile mit weit geöffneten Augen still und blickte hinauf zu der Decke ihres Unterstandes, der sie vor Regen schützte. „Hättest du je gedacht, daß ein großer Felsbrocken eine so schöne Aussicht sein könnte?" fragte er ruhig.

„Nein", antwortete Pear müde über das Feuer hinweg. „Nicht einmal, wenn er mit Goldadern durchsetzt wäre." Nach einigen Minuten des Schweigens stand er auf und scharrte ein paar heiße Kohlen in den Stollen ihrer Heizung, um dort ein Feuer anzuzünden.

Glen mußte schon eingeschlummert sein, denn Pear stupste ihn mit der Fußspitze und zeigte auf die Grasmatratze. „Roll dich gut ein!" ordnete er an.

Glen gehorchte ohne Kommentar. Das Riedgras war so angenehm warm, als er sich hineinkuschelte. Er vergaß ganz, daß seine Kleider naß waren, und blieb gerade noch so lange wach, um zu murmeln:

„Vielen Dank, Pear."

21

Glen wußte nicht genau, was ihn aufgeweckt hatte. Er hörte kein ungewöhnliches Geräusch, und sicherlich hatte ihn auch niemand geschüttelt. Die Sonne stand hell an einem wolkenlosen Himmel und erwärmte das Lager. Nichts wies mehr auf die schweren Regenfälle der letzten Nacht hin.

Aber als er sich umdrehte, sah er, was ihn geweckt hatte. Sein Vater stand neben dem Ofen.

„Was machst du denn hier?" stieß Glen hervor.

„Weißt du nicht, was heute für ein Tag ist?"

Dann dämmerte es Glen. Es war der letzte Tag ihres Projektes. Ein Blitzlicht erhellte das Lager den Bruchteil einer Sekunde lang, und Glen sah Menschen aus den Lorbeerbüschen heraneilen. Der Chefredakteur dieser Zeitung, von oben bis unten mit Fotogerät behängt, führte sie an. Beide Mütter und Pears Vater waren dabei. Der Zeitungsmann tat, als ob er hier zu Hause wäre, ging auf die beiden Jungen zu, die sich in ihren Strohbetten aufrichteten, und schoß Bilder von ihnen. Dann wandte er sich anderen Objekten zu, dem Ofen, der Wasserleitung, den Tischen und Stühlen. Beide Mütter liefen auf die großen Steine zu, auf denen die Jungen ihre Oberbekleidung während der Nacht abgeworfen hatten. Die Risse und Löcher schienen eine ungünstige Wirkung auf die Frauen auszuüben, denn sie starrten entsetzt auf diese Fetzen und prüften jedes Hosenknie und auch die Hemdenkrägen. „Oje, ihr müßt aber hier draußen eine Zeit gehabt haben!" seufzte Mrs. Marshfield.

Während die Jungen sich anzogen, stellte der Chefredakteur Fragen über die gesammelten Erfahrungen. Glen und Pear zeigten ihm ihre Einrichtung und das improvisierte Wasser- und Heizsystem. Mr. Burch war besonders von den heißen Steinen unter ihren Betten angetan.

Als er dann noch von jedem Felsen eine Aufnahme gemacht hatte (so kam es Glen wenigstens vor), meinte er: „Das wäre es also. Seid ihr Jungen bereit, in die Zivilisation zurückzukehren?"

„Ich bin bereit", antwortete Pear ohne Zögern.

„Ich auch", schloß sich Glen an. „Aber wir haben noch einige Angelleinen und Fallen draußen, die wir zerstören müssen, ehe wir gehen."

Das gefiel dem Zeitungsmann, und er folgte Glen zum Fluß, während die Mütter im Lager blieben, um den Ofen und andere Gegenstände näher zu inspizieren. Ihre Begeisterung schien allmählich zuzunehmen, besonders, als sie die Goldkeulen und die Pilze entdeckten. An den Leinen war kein Fang, doch der Reporter machte ein paar Fotos von den hölzernen Angelhaken. Glen führte ihn auch zu den Brombeeren nahe beim Strom, und die Jungen verschlangen noch schnell ein Frühstück dort.

„Ich hatte ganz vergessen, daß wir heute morgen noch nichts gegessen haben — und gestern abend auch nicht", bemerkte Glen, als er sich die saftigen Beeren in den Mund stopfte. „Wir haben in der letzten Zeit so viel davon vertilgt, daß ich wahrscheinlich im nächsten Jahr keine mehr anrühren werde."

„Ihr scheint aber beide nicht abgenommen zu haben", lächelte Mr. Burch, als sie auf dem Weg zu den Fallen weiterstiegen.

„Ich glaube, dazu hatten wir gar keine Zeit", antwortete Glen, „wir waren ja immer mit Essen beschäftigt."

Zum größten Vergnügen des Mr. Burch saß ein Hase in der einen Falle. Er machte noch einige Aufnahmen, ehe Glen ihn herausnehmen durfte. Dann beseitigten sie die restlichen Fallen im Gelände. Am Lagerfeuer häutete Glen das Tier fachmännisch, während Pear die Bratspieße vorbereitete.

„Meint ihr, wir sollten zum Frühstück bleiben?" fragte eine der Mütter. „Wir hatten gedacht, ihr Jungs wäret froh, von all diesen Moskitos und Schlangen wegzukommen."

„Ich habe Hunger", antwortete Glen grinsend.

„Ich auch", schloß sich Pear an.

Mr. Burch blickte auf die schnell bräunenden Hasenstückchen. „Sagt mal, habt ihr nicht zufällig für einen hungrigen Zeitungsmann etwas übrig?"

„Sicher haben wir das", lachte Glen. „Wir sind nicht mehr so versessen auf Kaninchenbraten, es reicht für alle." Aus den argwöhnischen Blicken ihrer Mütter merkte er jedoch, daß diese lieber bis zu einem richtigen Essen zu Hause warten wollten.

Erst spät am Nachmittag waren sie endlich zum Aufbruch bereit. Als sie den Pfad in Richtung der wartenden Autos einschlagen wollten, blieb Pear noch einmal stehen und warf einige Zweige und etwas Asche vom Lagerplatz in die Büsche.

„Wozu tust du das?" fragte ihn sein Vater. „Ich dachte, du seiest hier fertig."

„Nun ja, für jetzt sind wir fertig", bemerkte Pear. „Aber wer weiß schon? Das Lager könnte eines Tages wieder passend sein. Außerdem habe ich hier die schlechte Angewohnheit angenommen, ständig hinter mir aufzuräumen."

Ehe sie hoch oben am Rand des Cañons angelangt waren, warf Glen einen letzten Blick auf den überhängenden Felsen, der das Lager schützte. „Du hast recht gehabt", rief er Pear zu. „Es hat sich schon passend gezeigt." Er zeigte hinab.

„Diese neugierigen Waschbären!" brüllte Pear. „Die

versammeln sich doch tatsächlich schon, um zu sehen, was wir übriggelassen haben. Ich dachte, die schlafen den lieben langen Tag lang."

„Ich glaube schon, daß sie geschlafen haben — auf einem Ast in der Nähe, wo sie unseren Aufbruch gut beobachten konnten. Sie haben offensichtlich nicht viel Zeit bis zur Übernahme verbummelt." Glen mußte lachen, als er die vielen Waschbären sah, die auf den Felsen am Rand des Lagers aufmarschiert waren. Und alle starrten herunter, wie um sich zu vergewissern, daß diese naseweisen menschlichen Wesen endlich verschwanden.

Auf der Rückfahrt zur Stadt fragte Pear Glen: „Glaubst du, wir haben irgend etwas bewiesen?"

„Auf jeden Fall uns selbst gegenüber."

Doch in der nächsten Ausgabe der Zeitung stand mehr über ihre Ergebnisse. Glen konnte sich nicht daran erinnern, je einen Leitartikel auf der Titelseite gesehen zu haben, doch diesmal stand Mr. Burchs Abhandlung dort mit einem Hinweis auf die Innenseiten, wo Fotos über ihre Tätigkeit eine halbe Seite füllten.

„Gerade habe ich gesehen, was zwei Jungen in der Wildnis leisten können", so schrieb der Chefredakteur. „Ich habe Töpfe aus Lehm gesehen und erfahren, wie sie Roßkastanienblätter als Insektenschutzmittel, Yucca-Wurzeln als Seife, Holunderblätter gegen eine Vergiftung verwendeten. Sie zeigten mir, wie man Zahnschmerzen mit Baumrinde und Husten mit Kirschbaumblättern bekämpfen kann. Und ich weiß, mit wieviel Scharfsinn der eine Junge dem anderen das Leben gerettet hat.

Mein Großvater hat mir schon davon erzählt, wie seine Nachbarn in Zeiten der Not von Eicheln lebten", fuhr Mr. Burch fort. „Ich aber war der Meinung, daß eine solche Kenntnis der Natur schon ausgestorben sei. Jetzt bin ich eines anderen belehrt worden. Ich habe gelernt, wie diese beiden Jungen bittere Eicheln in süßes Mehl zum Brotbacken verwandelt haben."

Der letzte Absatz war eine feine Sache. Glen las ihn Pear gleich zweimal laut vor.

„Diese beiden Jungen lassen mich wieder stolz darauf werden, in Amerika geboren zu sein. Ich brauchte einen Ansporn, denn ich hatte schon fast vergessen, daß dieses Land zu dem geworden ist, was es ist, weil junge Menschen Ideen hatten und diese auch zu verwirklichen wußten."

Glen schnitt den Zeitungsartikel sorgfältig aus. Er hatte einen Wechselrahmen in seinem Zimmer hängen, in den er großartig hineinpassen würde.

Ende

Richard Wormser

Der Weg nach Kansas

Zwar konnte Cav sich noch immer nicht vorstellen, wie jemand auf den Gedanken hatte kommen können, ihn des Pferdediebstahls zu bezichtigen. Aber nun war es eben geschehen, und der Sheriff dieser Kleinstadt, Jasper, hatte ihn, wie es seine Pflicht war, festgenommen und in sein Büro gebracht. Der Sheriff war ein freundlicher Mann, er vertrieb sich gern mit Cav bei einem Spiel die Zeit. Daneben aber hatte Cav viel Muße, über sein Schicksal nachzudenken.

An seine Heimat, aus der er mit seiner Familie vertrieben worden war, konnte er sich schon beinahe nicht mehr erinnern. War es Wirklichkeit gewesen, daß dann seine ganze Familie vom Sumpffieber befallen worden war? Und wie lange zog er nun schon auf der Chisholm-Fährte dahin, um seinem Wunsch, ein Cowboy zu werden, näherzukommen?

Gewiß, manchmal hatte er gemeint, er würde sein Ziel nie erreichen. Aber dann war es ihm gewesen, als träten sein mutiger Pa und seine tapfere Ma zu ihm und ermunterten ihn, den Kopf nicht hängenzulassen. Und das hatte ihm stets neue Kraft gegeben.

Freilich, er hatte auch oft Glück gehabt, so damals, vor einigen Wochen — oder waren es Monate? —, als er noch mit dem Planwagen seiner Eltern unterwegs war und sich eines Abends ein Fremder zu ihm ans Feuer setzte ...